¿ESTÁS EN
CORRECTO?
PIÉNSALO

Sí, el equipo
raptogón y se
misión: Meta Prima. Pero su nave no es
la única en esta carrera. Yo sé más
sobre los entresijos de Meta Prima de lo
que Chris nunca admitirá. Y no me asusta
compartir mis conocimientos con el
equipo adecuado.

Estás conmigo o contra mí. Visita
VoyagersHQ.com para descifrar los
códigos de este libro y decide en qué
bando estás.

Es la oferta de tu vida.

Oficial al mando / Equipo Omega /
Ubicación secreta

En el planeta Meta Prima, los Voyagers tienen que abrirse camino en un mundo repleto de metal, lava y robots.
Este planeta desvelará muchos secretos...
¿Qué están haciendo aquí exactamente esos otros chicos?

STEAM 6000

VOYAGERS

2

Viajeros del espacio

JUEGO DE LLAMAS

Robin Wasserman

Traducción de Mercedes Núñez

ALFAGUARA

Voyagers 2
Juego de llamas
Título original: *Voyagers 2. Game of Flames*

Primera edición: enero de 2016

D. R. © 2015, Robin Wasserman

D. R. © 2015, PC Studios Inc.
D. R. © Animal Repair Shop, arte de interiores, rompecabezas y códigos
Animal Repair Shop, experiencia digital y de videojuegos
D. R. © 2015, de la presente edición en castellano para todo el mundo:
Penguin Random House Grupo Editorial, S. A. de C. V.
Blvd. Miguel de Cervantes Saavedra núm. 301, 1er piso,
colonia Granada, delegación Miguel Hidalgo, C. P. 11520,
México, D. F.

www.megustaleer.com.mx
D. R. © 2015, Mercedes Núñez, por la traducción
Traducción publicada por acuerdo con Random House Children's Books,
una división de Random House LLC.

ISBN: 978-607-313-829-1

Impreso en México – *Printed in Mexico*

El papel utilizado para la impresión de este libro ha sido fabricado a partir de madera procedente
de bosques y plantaciones gestionadas con los más altos estándares ambientales, garantizando
una explotación de los recursos sostenible con el medio ambiente y beneficiosa para las personas.

Penguin
Random House
Grupo Editorial

Para Michelle Negler, que siempre está ahí cuando la necesito
para salvar al mundo (al menos el mío).
R. W.

En el corazón profundo de una antiquísima selva, a cientos de años luz del planeta Tierra, un motor se encendió con un rugido. Instantes después, una reluciente nave color plata se elevó en el aire. Salió disparada por encima de los imponentes árboles y atravesó las nubes como una lanza de luz. La selva emitió gruñidos, gorjeos y gritos ante la insólita escena. Los raptogones echaron hacia atrás sus cabezas, enseñaron los dientes y lanzaron un aullido al cielo. La nave subía vertiginosamente; una estrella en ascenso que resplandecía, nítida y deslumbrante... y entonces desapareció.

A su paso, un manto de silencio fue descendiendo sobre la jungla. Tan sólo el suave trino de los pájaros y el zumbido de los insectos alteraban la quietud.

Hasta que pisadas...

Un niño salió de su escondite entre los árboles.

Un niño que no pertenecía a aquel planeta, y que tampoco pertenecía a la tripulación de la nave plateada.

Un niño con una nave propia.

Iba vestido de negro de la cabeza a los pies y en el hombro derecho llevaba el símbolo de la letra omega.

Elevó la cabeza al cielo como para asegurarse de que la nave, en efecto, había desaparecido. De que por fin estaba solo.

Había observado desde las sombras cómo los tres humanos luchaban contra el raptogón gigantesco. En parte había esperado que el reptil de cuarenta y cinco metros de altura se los tragara de un bocado.

Es lo que el niño habría deseado.

En lugar de eso, habían conseguido lo imposible. Le arrancaron un diente a la furiosa criatura y escaparon con vida. Trasladaron un fragmento del diente a la nave, donde lo triturarían hasta convertirlo en polvo. El polvo Rapident era uno de los seis elementos que, al fusionarse, crearían una fuente de energía limpia y sostenible que salvaría a la Tierra, cuyas reservas energéticas estaban prácticamente agotadas.

Los miembros de aquella tripulación corrían toda clase de peligros al rastrear el universo en busca de los seis elementos. El niño los había visto celebrar el descubrimiento del primero de ellos.

Por supuesto, ignoraban que él se encontraba allí.

Era mucho lo que ignoraban.

Mientras que él lo sabía todo.

Dash Conroy, Piper Williams y Gabriel Parker. Así se llamaban. Carly Diamond había guiado sus movimientos desde el *Leopardo Nebuloso,* la nave principal. Por último estaba aquel al que llamaban Chris, al que consideraban digno de confianza.

Los Viajeros del Espacio.

El equipo Alfa, se llamaban a sí mismos con orgullo. Como si el hecho de ser los primeros los hiciera especiales.

El niño conocía esta información sobre ellos, así como todo lo demás que era importante. Sin embargo, ellos no sabían nada acerca de él. Ni siquiera que existía. Ni que los había estado siguiendo.

De haberlo sabido, no habrían dejado atrás una parte del diente del raptogón.

Con paso silencioso, el niño atravesó el suelo de la selva, cubierto de musgo, y se agachó para examinar el fragmento restante del diente. Tenía el tamaño de una puerta y estaba manchado de saliva seca del raptogón. El niño se permitió esbozar una leve sonrisa. Sí, serviría perfectamente. Levantó la mano izquierda y tocó la pantalla táctil que llevaba ajustada como una garra al dorso de la mano. En la distancia, otro motor se encendió en respuesta a su señal. Esperó, impaciente, a que su lanzadera de transporte atravesara la selva a toda velocidad para ir a buscarlo. Estaba ansioso por regresar a su nave principal, no había tiempo que perder. En cualquier momento, el *Leopardo Nebuloso* podría cambiar a velocidad gamma. Cuando así fuera, él estaría justo detrás.

El niño había permanecido escondido, esperando y siguiéndolos durante mucho tiempo.

Estaba harto.

Pronto, pensó, le llegaría la hora de develar su presencia. De mostrar a los miembros de aquella tripulación Alfa contra quién estaban compitiendo. No importaba ya que supieran que los seguía. No podían detenerlo. Porque él sabía algo que ellos ignoraban: aunque estés siguiendo a alguien, aún puedes ir un paso por delante.

2

Dash Conroy examinó la pantalla táctil situada junto a la abertura en la pared, y con el dedo trazó la ruta que había planeado. Cada símbolo señalaba un cruce diferente en el enorme y enmarañado laberinto de tubos que recorrían la nave. Un solo movimiento equivocado y todo estaría perdido. Dash era el líder del equipo Alfa, el responsable de aquella misión y de cuanto sucedía a bordo del *Leopardo Nebuloso*. No se podía permitir ningún error.

Comprobó la ruta.

La volvió a comprobar.

Perfecto.

Dio unos toques a la pantalla, finalizando la introducción de datos. A continuación, rodeó con las manos la barra metálica horizontal instalada encima de la abertura.

Había llegado el momento.

La hora de la verdad.

Respiró hondo, se impulsó hacia arriba con un balanceo y entró en el tubo. Una ráfaga de aire lo arrastró y lo lanzó a toda prisa hacia el corazón del *Leopardo Nebuloso*.

—¡Aaaaaaaaaaah! —gritó Dash, pero el viento ahogó su grito. Se desplazó en el aire por los túneles relucientes, incapaz de detenerse aunque lo quisiera. Ascendió a una rapidez vertiginosa; luego giró bruscamente por una bifurcación e inició una bajada tan rápida y empinada que el estómago se le subió a la garganta. Era como el tobogán acuático más salvaje del mundo, excepto que en lugar de ir descendiendo a trompicones por agua gélida, se deslizaba sobre un colchón de aire templado. Dash torció a la derecha. Dio una vuelta de trescientos sesenta grados a la velocidad del rayo; luego otra más; se lanzó en picada por otro brusco descenso y salió disparado del tubo como una bala de cañón. Aterrizó con un golpe exactamente donde había planeado, en la planta inferior del centro de entrenamiento de la nave.

Misión cumplida.

—¡Yujuuuu! —aclamó Dash al comprobar su tiempo. Un minuto, dos segundos. Un nuevo récord. Cinco kilómetros de tubería preparados para miles de rutas diferentes por toda la nave, y los miembros de la tripulación competían para encontrar la ruta más larga. Carly había conseguido cincuenta y dos segundos en su último trayecto, y Dash había dedicado horas a intentar derrotarla. Juntó las manos con fuerza encima de la cabeza como si fuera un boxeador profesional—. ¡La victoria es mía!

Sí, Dash era el líder del equipo a cargo de una misión interestelar que recorría el espacio a velocidades superiores a la de la luz. Sí, ejercía el trabajo más importante del mundo; acaso de la galaxia. Y su trabajo, en realidad, equivalía a cuatro. Piper era la oficial sanitaria de la nave; Carly, la oficial de ciencia y tecnología; Gabriel era el piloto y navegador; y Dash tenía que saber todo cuanto ellos sabían. Por si acaso.

En los cincuenta y cinco días transcurridos desde que abandonaran el planeta J-16, había tenido que llevar a cabo numerosas tareas: memorizar los esquemas de la nave, practicar en el simulador de vuelo o estudiar sobre el próximo destino: el planeta Meta Prima.

Pero Dash tenía claras sus prioridades: siempre sacaba tiempo para navegar por los tubos.

—¡Un minuto, dos segundos! —exclamó elevando la voz—. ¡Récord en la nave, eso seguro! ¡Síííí!

—¡Ten cuidado la próxima vez! —replicó Piper a gritos—. ¡Por poco aterrizas encima de los ZRK!

—¿Qué? —de pronto, Dash cayó en la cuenta de que estaba rodeado por una nube de máquinas diminutas del tamaño de una pelota de golf. Zumbaban como un enjambre de abejas indignadas. O como un enjambre de robots en miniatura sobre el que había estado a punto de sentarse—. Uf, lo siento, chiquillos.

El *Leopardo Nebuloso* no podía funcionar sin su flota de pequeños ZRK. Los hábiles robots preparaban la tecnología para la misión, reparaban los daños de la nave y realizaban cualquier otro servicio que la tripulación necesitara. Andar estorbando también se les daba de maravilla.

—No lo olvides, los ZRK son gente como nosotros —añadió Piper. No se veía por ningún lado—. Bueno, no en sentido literal.

—En realidad, en ningún sentido —puntualizó Dash. Miró a su alrededor intentando averiguar de dónde venía la voz de Piper, pero no la encontró—. ¿Dónde estás?

—¡Aquí arriba! —respondió Piper con un grito.

Dash levantó la vista.

Muy, muy arriba.

El centro de entrenamiento era un gigantesco atrio de dos plantas. Y, cómo no, allí estaba Piper, planeando por encima de una pasarela, a casi treinta metros del suelo. Esbozó una amplia sonrisa y saludó a Dash con la mano. La pasarela tenía menos de sesenta centímetros de anchura, pero Piper no parecía demasiado preocupada. Sabía que no se podía caer. Su silla flotante lo impediría.

Hasta los cinco años, Piper había sido como cualquier otra niña. Entonces ocurrió el accidente.

Aún recordaba lo que sintió cuando le dijeron que no volvería a caminar.

Aún recordaba lo que se sentía al caminar, porque caminaba en sueños.

Piper se decía a sí misma que no importaba. Era tan inteligente como los demás niños, tan valiente, tan capaz. ¿No lo había demostrado al haber sido seleccionada para aquella misión? Miles de niños de todos los rincones de la Tierra habían intentado conseguir un puesto en la nave espacial; eran los niños más listos, los más resistentes que el mundo podía ofrecer. Y, de entre todos, las personas a cargo la eligieron a ella.

La mejor parte de la misión era que les brindaba la oportunidad de salvar al mundo. Pero sin lugar a dudas, en segundo lugar, lo mejor era su flamante silla de ruedas aerodeslizante, fabricada a medida. ¿A quién le importaba que Piper pudiera o no caminar? ¡Ahora podía volar!

Se había pasado la mañana recorriendo de un lado a otro la planta superior del centro de entrenamiento mientras observaba cómo trabajaban los ZRK y cómo jugaban sus compañeros de tripulación. Por muy divertidos que fueran los tubos, no se podían comparar con su silla flotante.

—¡Un nuevo récord en la nave! —volvió a felicitarse Dash mientras atravesaba la sala de entrenamiento en dirección a Gabriel y Carly, que habían acaparado la cancha de beisbol. Ninguno de los dos se dio cuenta. Durante semanas, Gabriel y Carly habían protestado sobre su régimen de entrenamiento. Les resultaba aburrido hacer los mismos ejercicios un día tras otro. Entonces, a STEAM 6000, el robot de la nave, se le ocurrió algo diferente.

STEAM diseñó en exclusiva para ellos un juego de entrenamiento de realidad virtual. Parecía ser una combinación de básquet, esgrima, lacrosse y juegos malabares con fuego. Dash no acababa de entender las reglas, pero Carly y Gabriel llevaban días practicando. Provistos de voluminosas gafas negras de realidad virtual, esquivaban bolas de fuego y rayos imaginarios que nadie más podía ver.

Tenían una pinta completamente ridícula. Pero Dash se guardaba su opinión.

—¿Es que no duermen nunca, chicos? —les preguntó desde la zona segura de las líneas de banda.

Carly se agachó; luego saltó por encima de una valla de carreras invisible. Dio una patada con la pierna derecha y, acto seguido, gruñó como si la hubieran golpeado en el estómago.

—No puedo dormir —respondió—. Estoy demasiado ocupada ganando las partidas.

—Pues ahora debes de estar dormida —bromeó Gabriel mientras se deslizaba hasta el suelo y rodeaba con las manos una bola invisible. La agarró con las yemas de los dedos y la lanzó hacia atrás en dirección a Carly—. Porque estás soñando.

—¿Cómo va el marcador? —se interesó Dash.

—¿Cómo vamos, Steamer? —preguntó Carly.

El robot entrenador no lo dudó.

—El marcador indica 62,094-61,997 a favor de Carly, ¡sí señor! Le está dando una paliza de miedo, ¡vaya que sí!

—¡Toma esto! —vociferó Carly, justo cuando Gabriel le lanzó a la cabeza un aluvión de algo. Dash ahogó una carcajada.

—Ahora, 62,098-62,094 a favor de Gabriel —rectificó STEAM—. ¡Es el rey del mundo, claro que sí!

Carly hizo una mueca. Aunque apreciaba a Gabriel, le encantaba ganar.

—Gabe, vas a morder el polvo —amenazó.

Dash dedicó una sonrisa a ambos miembros de su tripulación. Nadie se imaginaría que eran dos de los niños de doce años más inteligentes de la Tierra, o que el destino del planeta se encontraba en sus manos.

En momentos así, resultaba fácil olvidarse de la misión que les habían encomendado. Olvidarse de que no les sería posible regresar a casa si no recogían todos y cada uno de los seis elementos y que, si fallaban, se quedarían varados. Perdidos para siempre en el espacio, mientras los habitantes de la Tierra se iban quedando lentamente sin combustibles y energía hasta que el planeta entero se sumiera en la oscuridad.

A veces era bueno olvidar. Disfrutar del hecho de que se encontraba en una nave espacial de última generación, equipada con mesas de ping-pong y copias digitales de todas las películas que se habían hecho jamás. Pero en momentos como ése, momentos de diversión, Dash también añoraba a su familia más que nunca. Su madre y su hermana pequeña, Abby, estaban solas en Orlando, Florida. Las imaginaba contemplando por la ventana cómo la ciudad se oscurecía al extinguirse las luces durante el apagón eléctrico. O quizá levantaban la vista a las estrellas, preguntándose cuándo regresaría él a casa. Si es que regresaba a casa.

Dash se sentía orgulloso de liderear aquella misión; de arriesgarlo todo para salvar a su familia y a su planeta.

Pero en el fondo, le daba terror no ser capaz de conseguirlo.

Le asombraba poder acumular tantos sentimientos contradictorios en su cerebro, más pequeño que un balón de futbol. ¿Cómo podía haber espacio para todos ellos?

De pronto, STEAM soltó un grito de alarma.

—¡Ya no hay tiempo para juegos!

—Un saque más —protestó Carly—. Esta vez le gano, estoy segura.

—Antes de que acabes, no te alabes —replicó STEAM con tono excitado. Dash soltó un gruñido. El robot podría ser la pieza de tecnología más avanzada jamás creada por los humanos, pero a veces recordaba al protagonista de una de esas patéticas comedias antiguas de la televisión—. Me hablan desde el puente de navegación, estamos saliendo de velocidad gamma.

Dash adoptó de inmediato el modo comandante.

—¡Saliendo de velocidad gamma! —exclamó levantando la vista hacia Piper—. ¡Toda la tripulación al puente!

—Sí, señor —Gabriel le hizo un saludo militar y le guiñó el ojo. Todavía se estaba haciendo a la idea de que Dash podía darle órdenes. Bromear con él sobre el asunto facilitaba las cosas.

Por lo general.

—¡Vamos! — gritó Carly, echando una carrera con sus compañeros hacia la entrada del tubo mientras la voz de Chris resonaba por la nave.

—A todos los miembros de la tripulación, preséntense en el puente de mando —decretó—. Salida inminente de velocidad gamma.

—¿Ah, sí? No nos habíamos enterado —replicó Gabriel con ironía, y saltó al interior del tubo detrás de Carly.

Chris era el quinto miembro de la tripulación. Tenía unos años más y pasaba a solas la mayor parte del tiempo. Dash y sus compañeros no sabían gran cosa acerca de su lugar de procedencia o de cómo había acabado en el *Leopardo Nebuloso*. A diferencia de los demás, Chris no había tenido que competir por su puesto. El comandante Shawn Phillips, líder del proyecto Alfa, lo había destinado a la nave sin más.

Sin comunicárselo al resto de la tripulación.

Gabriel también había tardado un tiempo en acostumbrarse a eso, y no era el único. Supuestamente, Chris era una especie de supergenio que había colaborado en el diseño de la misión de los Viajeros del Espacio. Lo que significaba que conocía aspectos de la misión ignorados por ellos. Y a nadie le agradaba estar en la ignorancia.

Uno por uno, los miembros de la tripulación se desplazaron a gran velocidad por los tubos en dirección a la proa de la nave y salieron despedidos en el puente. Piper, a bordo de su silla flotante, voló a ras del suelo por el pasillo central y unos segundos después se encontró con sus compañeros en el puente de navegación. La gigantesca ventana envolvente mostraba un cielo punteado de reflejos de luz. A velocidad gamma, las estrellas no parecían estrellas, sino más bien cintas luminiscentes que envolvían el *Leopardo Nebuloso* y giraban alrededor de la nave a rapidez vertiginosa. Dash se mareaba al contemplarlas, pero nunca conseguía apartar la mirada.

—¿Preparados? —preguntó Dash a los miembros de su tripulación mientras se reunían en el puente de mando. Un escalofrío de emoción le recorrió la espina dorsal. La nave salió de velocidad gamma en piloto automático; sólo tenían que amarrarse a los asientos y prepararse para entrar en órbita. A menos que algo saliera mal, claro está.

Dash siempre estaba preparado para que algo saliera mal.

—Preparados —respondieron al unísono. Los cuatro miembros de la tripulación Alfa se ataron a sus asientos, que formaban una línea horizontal frente a los controles de la nave. Viajar en velocidad gamma provocaba la sensación de permanecer inmóvil, y cuando la nave entraba en órbita se accionaba el sistema de gravedad artificial. Se requería un tiempo para acostumbrarse al cambio de una velocidad a otra. También se requería un cinturón de seguridad muy resistente.

Gabriel se colocó las gafas oscuras de vuelo que le permitirían tomar el control manual de la nave una vez que entraran en la órbita de Meta Prima.

Chris disponía de su propio asiento de vuelo en sus dependencias privadas, pero había abierto una línea de comunicación con el puente.

—También preparado aquí —informó.

—Dispónganse para salir de velocidad gamma —advirtió la computadora.

Dash se agarró a los bordes de su asiento de vuelo. La nave se agitaba violentamente, dando sacudidas. La formidable fuerza de gravedad lo aplastaba contra el respaldo. La fuerza de desaceleración le hacía castañetear los dientes y sentía como si la piel de la cara se le derritiera.

—¡O-o-o-o-o-dio e-e-e-e-e-s-t-a p-a-a-a-a-a-r-t-e! —protestó Carly, cuyos dientes también castañeteaban.

Los demás no se encontraban en condiciones de responder. Se esforzaban al máximo por no vomitar.

La presión se intensificaba. Dash se preguntó hasta qué punto podía seguir aplastándose contra el asiento antes de convertirse en un ser bidimensional. O antes de que el cerebro se le derritiera y le saliera por las orejas. Entonces, justo cuando no podía soportarlo ni un segundo más…

Se acabó.

La fuerza de gravedad regresó a la normalidad. Al menos, a la normalidad artificial. La nave dejó de dar sacudidas, los motores dejaron de rugir, Gabriel los cambió a una órbita estable, todo marchaba a la perfección. Exactamente como tenía que ser. Excepto que…

—Eh, chicos, ¿estoy viendo visiones? —preguntó Gabriel mientras se quitaba las gafas y señalaba con un dedo tembloroso la ventana que, sólo segundos atrás, mostraba el espacio vacío salpicado de estrellas—. ¿O eso es…?

—¿Una alucinación colectiva? —sugirió Carly, esperanzada—. ¿Algún efecto secundario de la velocidad gamma que no nos han explicado?

—Está ahí de verdad —respondió Piper, que se mordió el labio—. Pero no entiendo cómo es posible. Dash, ¿tú qué crees?

Dash permaneció en silencio. Con los ojos como platos, miraba boquiabierto el panorama. Parpadeó varias veces, como para aclararse la vista.

No funcionó.

Algo se estaba materializando en el espacio, frente a sus ojos; algo gigantesco que ocultaba las estrellas.

Y ese algo era otra nave.

3

En el puente de navegación se produjo un estallido de desconcierto.

—¿Qué es eso?

—¿Quién es?

—¿Cómo puede haber alguien ahí afuera?

—¿Nos están siguiendo?

—¿Quiénes son?

Las voces se superponían, todas ellas teñidas de pánico. Estaban a cientos de años luz de casa, atravesando a toda velocidad el inmenso vacío del espacio. Era imposible cruzarse con otra nave por causalidad.

Aun así…

Ahí estaba. Una nave oscura, descomunal, del tamaño aproximado del *Leopardo Nebuloso*. Mientras que el *Leopardo Nebuloso* formaba un conjunto de curvas esbeltas y elegantes, aquella nave estaba diseñada con base en líneas rectas y ángulos pronunciados, como una flecha que atravesara el tejido del espacio. Pero algo en la nave resultaba familiar. Una vaga inquietud persistía en la mente de Dash. Había algo en las dos naves que las hacía parecer casi gemelas.

Chris se presentó en el puente en cuestión de segundos. Parecía tan conmocionado como todos los demás.

—¿Sabías algo de esto? —le preguntó Dash, aunque Chris llevaba la respuesta escrita en la cara—. ¿Lo de otra nave?

Chris negó con la cabeza. Aunque Dash seguía cuestionándose cómo Chris había acabado en la misión del equipo Alfa, había llegado a contar con el joven de más edad como fuente de consejo y equilibrio. Disponer a bordo de sus conocimientos resultaba alentador. El hecho de verlo tan desconcertado le producía intranquilidad.

—¿Qué hacemos si intentan dispararnos? —preguntó Gabriel—. ¿No deberíamos, no sé, preparar los torpedos de fotones?

—Un torpedo de fotones es materialmente imposible —respondió Chris con una nota de perplejidad.

—Está bien, ¿y qué tal un cañón láser? —sugirió Gabriel—. Tiene que haber alguna clase de cañón láser. Por si nos encontramos una *Estrella de la Muerte* o algo parecido.

—Esto no es una película —replicó Carly con desaliento—. No existen estrellas de la muerte. Ni *klingons*. Ni cañones láser.

—¿Por qué hablamos de dispararles? —preguntó Piper—. No han hecho nada.

—Por ahora —respondió Gabriel con toda intención.

—¿No deberíamos averiguar quiénes son? —insistió Piper—. ¿Qué están haciendo ahí afuera?

—Desde luego que sí —coincidió Dash—. Abramos un canal de comunicación con ellos —luego, indeciso, volteó a ver a Chris—. Eh… Es posible, ¿verdad?

—Podemos intentarlo, claro —respondió Chris—. Pero no hay garantía de que nos respondan.

Carly, que había examinado hasta el último centímetro de la nave, incluido el sistema de comunicación, tomó los controles. Eligió una frecuencia de banda ancha y le hizo a Dash un firme gesto de asentimiento.

Dash carraspeó. Clavó la vista en la cámara del tamaño de un alfiler que transmitiría su imagen a la otra nave.

—Aquí Dash Conroy, desde el *Leopardo Nebuloso*. Soy el comandante del equipo Alfa. Venimos de la Tierra a cumplir una misión. Nosotros… eh… —trató de encontrar una frase impactante, digna de un líder—. Venimos en son de paz.

A sus espaldas, Gabriel soltó un bufido.

Se hizo un prolongado silencio. Entonces, en la gigantesca pantalla colocada en lo alto, apareció una imagen que revelaba el interior de una nave… y el rostro de una niña.

Un rostro que Dash había llegado a conocer extremadamente bien. Un rostro que creía que no iba a volver a ver.

O al menos, que confiaba en no ver nunca más.

—¿Tú? —preguntó con una exclamación.

Anna Turner, frente a la que Dash se había alzado ganador como comandante de la misión, le dedicó una sonrisa malvada.

—Yo.

Tiempo atrás en la Tierra, en la Base Diez, Anna y Dash habían competido hombro con hombro durante semanas. Anna era autoritaria, egoísta, tenía mal carácter y estaba decidida a ganar a toda costa. Dash nunca olvidaría la expresión de su cara al enterarse de que había perdido.

De que tendría que volver a casa tras la derrota. De que para ella no habría misión, ni premio de diez millones de dólares, ni aventura intergaláctica.

Excepto que ahí estaba, en su propia nave espacial. ¿Acaso no había perdido, después de todo? Dash nunca se había sentido tan desconcertado.

La sonrisa de Anna se amplió.

—Y no estoy sola. Te presento a la tripulación de la *Cuchilla Luminosa*.

Tras sus palabras, la vista en la pantalla aumentó y dejó a la vista al resto de la tripulación. Dash no lo podía creer. Ninguno de los integrantes del equipo Alfa lo podía creer. Amarrados a sus asientos de vuelo, en un puente de mando extrañamente familiar, se encontraban los demás finalistas del Proyecto Alfa. Anna Turner, Ravi Chavan, Niko Rodríguez y Siena Moretti. Cada uno de ellos había competido con ferocidad por un puesto en el *Leopardo Nebuloso*.

Cada uno de ellos había perdido.

—¿Qué, chicos? ¿Pensaban que eran los únicos aquí arriba? —se burló Anna—. El espacio es muy grande. Nunca sabes con quién te vas a encontrar.

—Pero… pero… pero… — Dash se descubrió balbuceando. Era el efecto que Anna causaba en él. Siempre estaba convencida de que sabía más que nadie, sobre todo más que Dash. Y a ella le encantaba restregárselo en la cara. Anna era lista y resistente, y por mucho que sacara de quicio a los demás, la mayoría de las veces tenía razón. Dash y los demás candidatos habían estado seguros de que elegirían a Anna para la misión.

Cuando no fue elegida, todos sintieron un secreto alivio.

Bueno, quizá no tan secreto.

Piper intervino.

—Creo que lo que Dash quiere preguntar es: ¿cómo llegaron aquí? —habló con tono amable, aunque Anna había sido incluso más descortés con ella que con los demás. Piper siempre se esforzaba por no guardar rencor. ¿Acaso el hecho de ganar no fue la mejor venganza?—. ¿Y qué hacen aquí arriba, chicos? —añadió.

—Sí, un momento un poco raro para un crucero de placer —observó Gabriel.

—En una nave de miles de millones de dólares —agregó Carly.

Anna observó al equipo Alfa por encima de sus gafas. Ella y su tripulación vestían sus propios uniformes. Eran completamente negros, con el símbolo de la letra omega en el hombro.

—Hacemos lo mismo que ustedes —respondió Anna, como si fuera la pregunta más absurda del mundo—. Buscar elementos, tratar de salvar la Tierra… ¿les suena familiar?

—No lo entiendo —dijo Dash.

Anna soltó una carcajada.

—¿Me lo dices o me lo cuentas?

—¿El comandante Phillips decidió enviar una segunda nave? —insistió Dash.

Desde luego, no habría sido la primera vez que Shawn Phillips les ocultara información importante. Dash se giró hacia Chris, que mostraba una expresión seria. De existir otra nave, Chris lo sabría. Pero parecía tan perdido como los demás. Dash cayó en la cuenta de que por primera vez había visto al joven desconcertado.

—¿El comandante Phillips? —Anna se echó a reír, al igual que el resto de su tripulación—. No, tranquilos. Su maravilloso Phillips sigue pensando que son los cuatro mejores. Por suerte para la Tierra, encontramos a alguien que sabe de lo que habla.

—¿Quién? —quiso saber Dash. Odiaba no estar al tanto, tener que suplicarle a Anna que respondiera sus preguntas. Y ella disfrutaba cada segundo.

—Si de verdad lo quieres saber, es… —se detuvo con brusquedad. Dash escuchó una voz fuera de la pantalla, aunque no distinguió las palabras. Anna frunció los labios hasta formar una tensa línea recta. Dash reconoció aquel gesto: era la cara que solía poner cuando alguien le daba órdenes—. No es asunto tuyo, y punto —le respondió secamente—. Lo que importa es que el equipo Omega va a conseguir todos los elementos mucho antes que ustedes, fracasados del equipo Alfa.

—Me alegra ver que no has cambiado, Anna —comentó Carly con sarcasmo.

Gabriel soltó un bufido.

—Es verdad, sigues desvariando mucho.

—Se limita a ser precisa —intervino Siena. Al contrario que los demás, no daba la impresión de que alardeara o que les restregara en la cara la situación. Se limitaba a constatar un hecho—. Nuestras posibilidades de éxito son substancialmente mayores que las suyas. Por motivos que no se nos permite explicar.

—Miren, a todos nos interesa encontrar los elementos y volver a casa —argumentó Dash. La situación le agradaba tan poco como a los demás, pero él era el líder del equipo. Debía decidir qué era lo mejor para la misión. Anna y sus tres compañeros estaban allí, en ese momento; dos naves tenían que ser mejor que una, eso seguro—. ¿Por qué no nos asociamos?

Carly, Piper y Gabriel lo miraron, sorprendidos.

—¿Asociarnos con ellos? Tienes que estar bromeando —espetó Gabriel.

El comandante Phillips eligió a los miembros de la tripulación Alfa, entre otros motivos, porque eran excelentes para las labores de equipo. Por otra parte, Niko, Ravi, Siena y, sobre todo, Anna habían demostrado que trabajaban mejor solos.

—Con dos naves y dos tripulaciones, podríamos encontrar los elementos en la mitad de tiempo —señaló Dash.

—¿Asociarnos? Olvídalo —replicó Anna—. No nos interesa que los Alfa nos hagan perder el tiempo.

—Quizá deberíamos pensarlo —propuso Siena con voz calmada—. Desde un punto de vista estadístico, nuestras posibilidades de éxito aumentan si…

Se interrumpió repentinamente. Una vez más, se escuchó el sonido de una voz fuera de la pantalla. En esta ocasión, la figura se acercó y se unió a los demás miembros del equipo Omega. Era unos años mayor que ellos, llevaba gafas cuadradas de montura negra y mostraba un rostro serio.

—Les presento a Colin, el quinto miembro de nuestra tripulación —dijo Anna, que no parecía muy contenta al respecto.

Dash pensaba que a la gente sólo se le descolgaba la mandíbula en la televisión. Pero ahora se quedó literalmente boquiabierto. Piper, Gabriel y Carly pusieron el mismo gesto de asombro, propio de los dibujos animados. Cuatro pares de ojos voltearon hacia Chris.

Luego regresaron a Colin. Continuaron volteando de uno a otro, como si estuvieran presenciando un partido de tenis.

Dash decidió que tenían que ser imaginaciones suyas. Pero no, era la realidad: con la excepción de las gafas, el chico de la *Cuchilla Luminosa* y Chris se parecían como dos gotas de agua.

Sólo que Dash nunca había visto a Chris sonreír de la manera que sonreía Colin. Como si observara un conjunto de hormigas que corretearan bajo una lupa. Como si estuviera considerando seriamente la posibilidad de prenderles fuego. Y luego aplastarlas con el pie.

—¿Qué pasa aquí? —intervino Chris. Su voz seguía tan inexpresiva como siempre, pero Dash había llegado a conocerlo muy bien en los últimos meses. Se daba cuenta de que el chico estaba temblando—. ¿Cómo es posible?

—Ya desgastamos demasiado tiempo parloteando —replicó Colin. Hasta su voz era exacta a la de Chris. Sólo que mientras Chris hablaba siempre de una manera tranquila y amable, las palabras de Colin estaban recubiertas de hielo—. Que gane el mejor equipo. Y háganme caso… —se apartó a un lado para dejar al descubierto un objeto grande de color hueso situado en el centro del puente de mando. Era el otro fragmento del diente del raptogón, el fragmento que habían dejado atrás en el planeta J-16—. Seremos nosotros.

La pantalla se quedó en negro.

—¡Diablos! —exclamó Piper. No era capaz de apartar la mirada de Chris—. Era lo último que me esperaba…

—Ese chico tiene más de trece años, eso seguro —declaró Carly—. ¿Cómo puede sobrevivir a la velocidad gamma? Pensé que Chris era el único.

—¿Y eso es lo que te parece raro? —se extrañó Gabriel—. ¿Que sea adolescente? ¿Tú le viste la cara? —Gabriel también clavaba la vista en Chris—. ¿De qué se trata esto? ¿Tienes un gemelo, o algo así?

Chris negó con la cabeza.

—Desde luego que no.

—¿Un gemelo que perdiste hace mucho tiempo, quizá? —sugirió Carly—. Separados al nacer, como en las películas de la tele, o algo parecido.

—Igual era un clon —apuntó Gabriel—. ¿Has oído algo de que te hubieran clonado, Chris?

—Los clones no existen —afirmó Carly.

—¿Ah, no? En ese caso, ¿qué crees tú que está pasando? —contraatacó Gabriel.

—Puede que sea… eh… un robot —sugirió Carly.

—Un robot diseñado para tener el mismo físico que Chris y hablar exactamente igual que él —terció Piper, soltando una risita ante la idea.

—Sólo que en vez de hamburguesas con queso, se alimenta de aceite para motor.

—Está bien, de acuerdo. Probablemente no es un robot —cedió Carly—. ¿Qué opinas, Dash?

Dash observaba con detenimiento a Chris, cuyo rostro no delataba nada.

—Quiero saber lo que opina Chris.

—Creo que no tiene sentido especular con datos —respondió éste. Su voz sonaba absolutamente tranquila, como de costumbre. Como si no se hubiera llevado la mayor sorpresa de su vida—. No debemos distraernos por asuntos sin importancia.

—Una nave nos sigue por el espacio, llevando a bordo a su Chris particular, ¿y piensas que no tiene importancia? —soltó Carly sin dar crédito.

—Sea quien sea, no soy yo —replicó Chris con brusquedad. Habló de tal manera que Dash se preguntó si se sentía dolido. Imposible averiguarlo por su cara—. Estamos a punto de lanzar nuestra misión de búsqueda en Meta Prima, donde encontraremos el segundo elemento. Ahora mismo es lo que importa.

—Mmm, Chris tiene razón —decidió Dash porque, por una parte, así era. Por otra parte, Anna Turner estaba ahí afuera, al mando de su propia nave y con un duplicado de Chris a bordo. Lo que parecía de no poca trascendencia—. Nos reuniremos en la bahía de lanzamiento dentro de una hora para recibir un informe de la misión y así poder bajar a la superficie lo antes posible.

Chris hizo un brusco gesto de afirmación y abandonó la estancia.

—¿Alucinan o qué? —dijo Gabriel—. A ver, Chris siempre es más bien raro; pero lo de ahora fue súper raro, ¿o no?

—Es verdad, fue superextraño —coincidió Piper. No era normal que Chris hablara con semejante brusquedad. ¿Acaso la otra nave y su gemelo imposible le preocupaban más de lo que estaba dispuesto a admitir?

—Deberíamos contactar con la Tierra —propuso Dash—. Phillips querrá enterarse del asunto.

—Estás dando por hecho que todavía no lo sabe —señaló Gabriel.

Dash negó con la cabeza.

—Ni de broma Phillips…

—¿Nos ocultaría una información capaz de cambiarnos la vida? —le interrumpió Gabriel—. ¿No nos contaría los aspectos más importantes de la misión hasta que fuera demasiado tarde para hacer algo al respecto? ¿Nos enviaría al espacio sin mencionar que tal vez no volveríamos a casa jamás?

Dash no podía rebatir ninguno de sus argumentos.

Con todo, seguía sin poder creer que el comandante Phillips les hubiera ocultado algo así.

—Sólo hay una manera de averiguarlo —decidió.

Carly abrió un canal de comunicación con la Tierra. O al menos, intentó abrirlo.

—No hay más que interferencias —informó. La comunicación con el planeta era deficiente, sobre todo una vez que salían de velocidad gamma. A veces tardaban días en conseguir una señal clara.

—Maldita sea, ¿es en serio? —resopló Gabriel—. Una nave con la tecnología más avanzada que el hombre ha conseguido jamás y no se puede hacer una estúpida llamada por teléfono.

—Es una "estúpida llamada" a través de varios millones de años luz —especificó Piper.

—Lo seguiremos intentando —resolvió Dash—. Mientras tanto, parece que estamos solos frente al asunto.

—Vaya novedad —espetó Gabriel con un gruñido—. De todas formas, no nos iba a decir nada.

—Y ahora ¿qué? —preguntó Carly—. ¿Vamos a buscar a Chris? ¿Intentamos que nos diga qué está pasando?

—¿Qué te hace pensar que sabe más que nosotros? —se interesó Dash.

—Vamos, está clarísimo que sabe algo —replicó Gabriel—. Al menos, más de lo que nos dice.

—Si es así, debe tener una buena razón para ocultarlo —repuso Dash con diplomacia. Habían acordado que, ya que los cinco trabajarían juntos como tripulación, tendrían que confiar unos en otros.

Carly arrugó la frente. Ella también confiaba en Chris; al menos, lo intentaba. Pero no era de esas personas que se fían de los demás completamente.

—Espero que tengas razón, en serio.

Dash también lo esperaba.

4

Dash recorrió el pasillo central del *Leopardo Nebuloso* en dirección al dormitorio de Chris. La habitación de éste no estaba conectada al sistema de tubos de la nave. Sólo había una manera de acceder: llamando a la puerta.

Por el camino, Dash trató de entrar en uno de los pasajes de acceso restringido. Siempre hacía lo mismo cuando se encontraba en esa parte de la nave.

Y, como siempre, un campo de fuerza lo despidió con suavidad.

El comandante Phillips les había explicado que aquella zona contenía equipamiento delicado y no podían correr el riesgo de que sufriera daños, por eso se les prohibía la entrada a los miembros de la tripulación.

Éstos le creyeron, pues no tenían motivo para lo contrario.

Entonces resultó que una de las estancias de acceso restringido contenía a Chris.

Después de aquel episodio, Dash no podía evitar preguntarse qué más había escondido tras las puertas cerradas. Y seguía intentando entrar por si, alguna vez, el campo de fuerza fallaba y le permitía el acceso.

Dash continuó su camino hasta la puerta de Chris y llamó con los nudillos. La puerta se deslizó hacia un lado con un suave siseo.

—Ya te lo dije, no sé nada sobre ese…, esa persona en la nave —espetó Chris mientras obstruía la entrada. Aún se mostraba irritable—. Si no me crees, lo siento.

—Te creo —respondió Dash—. No vine por eso. Es hora de… eh… Pero si es un mal momento, puedo…

—No, claro que no —dijo Chris, y se apartó de la puerta—. Con tanto alboroto, me olvidé de tus inyecciones.

Dash se quedó desconcertado. Nunca había visto que a Chris se le olvidara algo. Sobre todo de algo tan importante.

Chris era el único a bordo que conocía su secreto: Dash tenía seis meses más que sus compañeros de tripulación, era seis meses mayor de lo que, en teoría, tenía que ser. Habría cumplido catorce años para cuando la misión terminara. Y cualquier persona mayor de catorce años podría no sobrevivir al desplazamiento en velocidad gamma. Al parecer Chris, el supergenio, había elaborado un suero para él mismo que lo protegía de los efectos gamma. Pero Dash sólo contaba con una inyección experimental de dosis diaria que, supuestamente, retrasaría su metabolismo. No había garantía de que funcionara… o durante cuánto tiempo. Si no volvían a la Tierra en la fecha prevista…

Dash se sacudió la idea de la mente. Era importante no pensar en eso. Había corrido un riesgo al participar en la misión, lo sabía. Pero salvar la Tierra… ¡salvar a su madre y a Abby!... merecía la pena. Aun así, no quería que sus compañeros se enteraran de que estaba corriendo semejante riesgo; no quería que se preocuparan. Dash compartía habitación con Gabriel, lo que no le proporcionaba mucha intimidad. De modo que Chris había accedido a que trasladara las inyecciones a aquella zona de la nave para mantener a salvo su secreto.

—Tranquilo —dijo Dash mientras entraba en la estancia—. No importa.

—Sí importa, y mucho —rebatió Chris—. Si no te pones una inyección cada veinticuatro horas, las consecuencias serán funestas. Y en potencia, mortales.

—Bueno, sí, gracias —dijo Dash—. Intento no pensarlo. Sólo me refería a que no importa que se te olvidara. Están pasando muchas cosas.

—Como diría tu amiga Anna, ¿me lo dices o me lo cuentas? —respondió Chris con una sonrisa.

—Oye, amigo, ¿acabas de hacer una broma?

Chris era un chico agradable, un chico brillante; pero sus carencias en cuanto al sentido del humor resultaban evidentes.

—Me costó un poco —admitió.

—No estuvo mal —aprobó Dash—. Trabajaremos en eso.

El dormitorio de Chris era el más desprovisto de personalidad que Dash había visto en su vida. En la habitación que Dash compartía con Gabriel, éste había llenado su pared de pósters de aviones antiguos. Dash había cubierto la suya con un mapa estelar gigantesco. Cada centímetro de la superficie restante estaba ocupado con fotografías de las familias de ambos. Dash no había visto el dormitorio de las chicas, pero estaba convencido de que ellas habrían hecho más o menos lo mismo. Sólo que, quizá, con más color rosa.

Por el contrario, la habitación de Chris era el colmo de la sobriedad. No es que estuviera vacía: el espacio se veía abarrotado de equipamiento de alta tecnología, pantallas, controles... Era casi como un segundo puente de navegación, y Dash sospechaba que, si Chris quisiera, podría pilotear la nave desde allí. Pero ¿quién querría vivir en un puente de navegación? Chris no había hecho el mínimo esfuerzo por dar a la estancia un toque personal. No había pósters, fotos o recordatorios sobre su lugar de origen o la gente que había dejado atrás. Nada.

Dash se sentó sobre la desnuda mesa de trabajo y sacó del estuche una de las jeringuillas desechables. Se trataba de un experimento biológico diseñado para detener el crecimiento celular. En teoría, inmovilizaba el cuerpo de Dash a la edad exacta que tenía en ese momento, de manera que no llegara a envejecer hasta el punto de que la velocidad gamma acabara con su vida.

En teoría.

No se había probado en nadie más. Hasta ahora.

Dash contuvo el aliento y se clavó la aguja en el muslo. Era un dispositivo autoinyectable; sólo tenía que apuntar y pulsar un botón. Notó una fugaz punzada de dolor, no más intensa que si se hubiera clavado un lápiz puntiagudo.

Dash se alegraba de que no le doliera gran cosa; aun así, odiaba aquella parte del día más que ninguna otra.

Era la parte en la que no podía forzarse a olvidar el tictac del reloj.

Rocket, el golden retriever de Chris, se acercó en silencio y se arrodilló junto a Dash. Éste le alborotó el suave pelaje y dejó que el perro le frotara el hocico en la mano mientras se preguntaba si Rocket sabría lo lejos que se encontraba de casa.

—¿De dónde crees que viene esa nave, en realidad? —le preguntó a Chris, tratando de pensar en otra cosa.

—Como te dije, no lo sé…

—Sí, me lo dijiste. A ver, si tuvieras que apostar, ¿dónde pondrías tu dinero?

—Bueno… creo que la nave viene de la Tierra —respondió Chris con lentitud.

—Sí, es lo que la tripulación dio a entender. Pero ¿quién puede haberla enviado?

—Esa apuesta que me pides que haga es una actividad destinada a quienes cuentan con los datos suficientes para tomar una decisión bien fundamentada, ¿no es cierto?

Las únicas apuestas que Dash había hecho eran las de monedas de cuarto de dólar en las partidas de póquer, durante la comida del mediodía.

—Se podría decir así, supongo.

—Soy de las personas que prefieren los datos —continuó Chris—. Hasta que consiga más, me guardaré el dinero.

—¿Te ha dicho alguien, alguna vez, que eres un tipo bastante raro? —preguntó Dash con una sonrisa.

—Mucha gente. Aunque quizá los raros sean ellos.

—Sí, claro —admitió Dash—. Quizá.

Órbita.

La nave giró en espiral alrededor del planeta Meta Prima, atrapada por su endeble campo gravitatorio. Kilómetros y kilómetros más abajo se encontraba la segunda parada de su misión imposible. El *Gato Nebuloso* relucía junto a las puertas de la bahía de lanzamiento, preparado para trasladar al planeta un equipo de búsqueda.

Mientras viajaban a velocidad gamma, los miembros de la tripulación habían investigado con interés todos los hechos conocidos sobre Meta Prima. No había muchos. Se trataba de un planeta enano, incrustado de maquinaria; pero según las sondas no tripuladas que lo habían sobrevolado años atrás, no había señales de vida. Meta Prima tenía un núcleo de metal líquido, alimentado por una sustancia llamada Magnus 7.

Eso era lo que buscaban. El segundo elemento. Lo que les llevaría un paso más cerca de conseguir la Fuente y volver a casa. La nave contaba únicamente con la energía necesaria para un trayecto en una sola dirección. Para poder regresar tenían que recoger una cierta cantidad de cada uno de los seis elementos.

Un único fracaso condenaría la misión.

Lo que significaba que en aquel preciso momento no había nada más importante que bajar al planeta y hacer las cosas bien.

—Las lecturas preliminares confirman que no hay señales de vida orgánica —anunció Carly cuando la tripulación se hallaba reunida en la bahía de lanzamiento. Había dedicado la hora anterior a observar el planeta desde su terminal de trabajo en el laboratorio, procesando todos los datos posibles. Carly creía en la información, en los hechos. Si disponías de la cantidad suficiente, pensaba, podías entender el universo entero—. Por lo que parece, los resultados que tenemos de los antiguos reconocimientos siguen siendo precisos. Hay un montón de maquinaria en la superficie, desde luego; pero apenas emite señales electromagnéticas. Lo que hubiera ahí abajo ya no funciona.

—Si hay maquinaria en el planeta, alguien tuvo que fabricarla —les recordó Chris—. Hubo un tiempo en el que existía vida inteligente.

—Pues no debía de ser muy inteligente, o seguiría existiendo —señaló Gabriel.

—Aun así, sugiero que actúen con cautela.

—¿Actúen? —replicó Dash—. Es decir, que no has cambiado de opinión en cuanto a bajar a la superficie con nosotros.

—Como ya expliqué, mis extensos conocimientos sobre la nave y la misión son demasiado valiosos para arriesgarlos en…

—Sí, está bien, lo sabemos. Tú y tu gran cerebro tienen que quedarse aquí arriba, sanos y salvos —intervino Gabriel—. Deja que nosotros nos encarguemos del trabajo sucio.

Chris hizo caso omiso del sarcasmo. O acaso no lo detectó.

—Exactamente. Me quedaré en la nave monitorizando sus comunicaciones. En la atmósfera hay interferencias eléctricas significativas, por lo que podría resultar difícil mantener contacto cuando estén en la superficie. Tal vez acaben teniendo que depender de ustedes mismos —advirtió Chris.

—Nos las podemos arreglar —afirmó Dash.

—Lo sé—respondió Chris.

Dash contuvo una sonrisa.

—Tendrán que recoger una muestra de Magnus 7 —les recordó Chris—. Hay un río de lava líquida que atraviesa por la mitad el lugar de aterrizaje. Ahí tienen que extraer el Magnus 7.

—Sí, eso lo sabemos —respondió Gabriel al tiempo que se agachaba bajo una nube de ZKR. Los pequeños robots zumbaban alrededor del *Gato Nebuloso,* preparando el transbordador espacial para la travesía—. Lo que no sabemos es cómo se supone que vamos a traerlo después a la nave. No podemos llevar la lava líquida a casa en los bolsillos, exactamente.

—No, a cuatro mil grados centígrados es imposible —coincidió Chris con un tono casi alegre.

En la nave no había nada donde se pudiera guardar una materia de tales características. Tendrían que encontrar algún recipiente en el planeta.

—Creo que no los decepcionará lo que van a encontrar —añadió Chris—. Si la inteligencia que diseñó esa maquinaria es tan sofisticada como parece, seguro que habrá dejado atrás algo útil.

—Pensé que no te gustaba hacer suposiciones sin tener todos los datos —comentó Dash mientras reunía sus útiles para la misión.

Chris tenía un gesto divertido en la cara, como un gato que se hubiera salido con la suya.

—En este caso, tengo todos los datos que necesito.

—A ver, Chris y Piper se quedan en la nave —declaró Dash. Aunque estaban prácticamente seguros de que la maquinaria en el planeta se hallaba inactiva y abandonada, existía la posibilidad de que se equivocaran. Y tiempo atrás, en la Base Diez, habían sido testigos de lo que las máquinas de Meta Prima podían hacer cuando estaban en acción. Al final, el equipo Alfa las había derrotado cortando la electricidad que alimentaba la simulación por computadora.

Fue Carly quien cayó en la cuenta de que tal vez pudieran hacer lo mismo en el Meta Prima real. El *Leopardo Nebuloso* podía enviar un pulso electromagnético dirigido que apagaría toda actividad eléctrica en los alrededores. No existían garantías de que funcionara, y Dash confiaba en que nunca tuvieran que averiguarlo. Aun así, Carly había pasado varios días enseñando a Piper todo lo que necesitaba saber sobre los PEM, o pulsos electromagnéticos. Por si acaso.

—¿Preparada, Piper?

Piper esbozó una amplia sonrisa.

—¡Sí, mi capitán!

—Mmm, Dash, verás, estuve pensando que deberíamos hacer un pequeño cambio en los planes —se apresuró a decir Carly—. Me voy a quedar en la nave. Piper puede bajar al planeta.

—¿Y ahora sales con esto? —se extrañó él.

Carly le dedicó una sonrisa avergonzada.

—Mejor ahora que cuando estemos a medio camino del planeta, ¿verdad?

Dash no lo podía creer. ¿Acaso no tenían ya bastantes preocupaciones como para tener que hacer una sustitución de última hora? Además, Carly había permanecido en la nave durante la última expedición planetaria. No tenía sentido que se ofreciera voluntariamente para quedarse otra vez—. ¿Qué está pasando, Carly? ¿De qué se trata esto?

—Esta nave es mi trabajo, Dash. La conozco de memoria. Si pasa algo inesperado ahí abajo y necesitan apoyo desde el *Leopardo Nebuloso,* quiero estar aquí para asegurarme de que lo tengan.

—¿Crees que no soy capaz de encargarme? —preguntó Piper con gesto dolido.

—No, no es eso —respondió Carly con rapidez—. Es sólo que... creo que puedo ser más útil para la misión si me quedo a bordo del *Leopardo Nebuloso*. Sé que puedo.

—No me gusta —opinó Dash—. No planeamos todo esto con antelación por casualidad. Cuando empiezas a hacer cambios en el último minuto, te vuelves descuidado.

Carly le clavó los ojos, indignada; estaba a punto de estallar.

—Muy bien. Lo que tú digas. Adelante, no hagas caso de lo que yo piense. Tú estás al mando, ¿verdad?

—Vamos, Dash —intervino Gabriel—. No es para tanto quién se queda y quién se va. Y sabes que Carly conoce la nave mejor que nadie.

Carly le lanzó una mirada de agradecimiento.

—Aparte de mí, claro está —añadió Gabriel.

Dash, indeciso, se giró hacia Piper.

—¿Qué opinas, Piper? ¿Te parece bien unirte al equipo de búsqueda?

—Lo que tú creas que es mejor, Dash —respondió ella.

Gabriel y Carly se miraron y pusieron los ojos en blanco. Dash fingió no darse cuenta. No se había imaginado lo difícil que era ser un líder, sobre todo cuando tenía bajo sus órdenes a sus amigos. A veces —como cuando se peleaban por quién se quedaba con el último trozo de pizza— eran un grupo de amigos como cualquier otro. Todos al mismo nivel, perdiendo el tiempo en tonterías, entreteniéndose con discusiones en las que no importaba quien ganara.

Cuando entraban en modo misión, era como encender un interruptor. De pronto, Dash ya no era uno más. Era, se podría decir, el jefe.

Estar al mando significaba que la amistad fuera complicada en ocasiones.

Y en ocasiones, el hecho de ser amigos significaba que estar al mando fuera imposible.

En ocasiones como ésta.

—De acuerdo —cedió. Su instinto le decía todo lo contrario, pero a veces los instintos se equivocan—. Carly se queda aquí arriba con Chris. Los demás, a prepararse para la salida.

Chris se dirigió al puente, desde donde controlaría la travesía del *Gato Nebuloso;* Piper regresó a toda prisa a su habitación para ponerse algo de ropa más acorde con la misión, y Dash examinó el trabajo de los ZRK en el transbordador espacial. Quería estar absolutamente seguro de que estaba preparado para partir.

Gabriel se retrasó unos segundos.

—¿Estás segura? —le preguntó a Carly en voz baja—. ¿No te empiezas a hartar de quedarte encerrada en esta lata de conservas? ¿No quieres respirar un poco de aire fresco extraterrestre?

—Lo que yo quiera no importa —le respondió ella—. Lo hago por el bien de la misión.

Gabriel le lanzó una mirada escéptica. Entonces, hablando en serio por una vez, dijo:

—¿Sabes? Si hay algo más, me lo puedes contar.

Carly frunció los labios y le dio un suave puñetazo en el brazo.

—Buena suerte ahí abajo. Que ningún robot los haga saltar por los aires.

Gabriel le guiñó un ojo.

—¡Eh! Ya me conoces, tengo metal en las venas. Mitad máquina, como quien dice. Se darán cuenta de que soy uno de ellos.

Carly esbozó una sonrisa y consiguió mantenerla pegada a la cara hasta que se encontró sola y a salvo fuera de la bahía de lanzamiento.

Entonces, la sonrisa se esfumó.

Por fin sin compañía, se dejó caer sobre la pared del pasillo mientras contenía las lágrimas. ¿Qué acababa de hacer? ¿Había fastidiado la misión por sus propias razones absurdas y egoístas?

Había dejado que Dash pensara que llevaba tiempo meditando el asunto, pero no era cierto.

Hasta que entró en la bahía de lanzamiento y las rodillas se le doblaron no se dio cuenta de que era incapaz de bajar al planeta. Tenía que quedarse en el *Leopardo Nebuloso*. No porque creyera que sabía más que Piper. O porque creyera que el cambio de planes sería mejor para la misión.

Quería quedarse en la nave porque le daba miedo abandonarla.

Ella, Carly Diamond, el miembro más joven de la tripulación, la persona que estaba decidida a ser la más fuerte, tenía miedo.

Conocía aquella nave. Había dedicado seis meses a examinar el *Leopardo Nebuloso* cuando estaban en la Tierra, memorizando cada centímetro. Nada allí arriba podía sorprenderla. Pero ¿un planeta desconocido? Eso era harina de otro costal. Allá abajo podía ocurrir cualquier cosa. Cualquiera. No había nada que Carly detestara más que estar asustada. Y nada que la asustara más que lo desconocido.

Se dijo a sí misma que no estaba fallando a sus compañeros, o a la misión. Que los otros nunca conocerían la verdad. Pero ella sí la conocía. Y eso era casi peor.

5

El *Gato Nebuloso* se dirigió hacia la atmósfera a gran velocidad, esculpiendo en el firmamento una línea de fuego. En el interior de la pequeña nave, Dash, Gabriel y Piper se encontraban amarrados a sus asientos de vuelo y observaban el planeta que surgía al otro lado de la ventana. Nubes de un rojo cobrizo se arremolinaban alrededor de la superficie e impedían ver lo que había debajo. Tormentas eléctricas agitaban la atmósfera, que lanzaba chispas.

Iba a ser un trayecto complicado.

Gabriel miraba a través de sus gafas oscuras de vuelo mientras apoyaba la palma de su mano en una placa lisa que recogía cualquier movimiento de los dedos, hasta el más insignificante. Pilotó el transbordador a ritmo constante mientras salían de órbita y se preparó para una turbulenta entrada en la atmósfera. La computadora había trazado un curso basado en los antiguos escáneres de la sonda no tripulada. Pero aquellos escáneres se remontaban a varios años atrás. Las condiciones en el terreno podrían haber cambiado desde entonces, y la computadora no habría tenido manera de enterarse.

Era una lección que habían aprendido en el planeta J-16; una lección que habían aprendido casi demasiado tarde.

—Abróchense los cinturones —indicó Gabriel a Dash y a Piper—. El vuelo va a ser supermovido.

Dash se agarró a los brazos de su asiento.

—Ten cuidado…

Las palabras salieron volando de sus labios mientras Gabriel aceleraba los motores. Se lanzaron a través de las nubes y cayeron en picada hacia la superficie del planeta.

Las gafas de vuelo permitían a Gabriel controlar la nave con el más leve movimiento de los ojos. Era como si su mente se hubiera fusionado con el motor. Como si la nave fuera una extensión de su cuerpo. Se abrieron camino en el aire a cientos de kilómetros por hora. Cada milisegundo era importante. Pero Gabriel estaba completamente relajado. No se debía pilotear en tensión. Había que ceder al movimiento, ser uno con la velocidad.

Aceleró el transbordador, y lo volvió a acelerar.

Mantenía un control total.

No importaba lo que sus pasajeros pudieran sentir.

Piper permanecía sentada en silencio, con los ojos cerrados, y se esforzaba por no vomitar. Mantenía una débil sonrisa pegada a la cara, por si Dash o Gabriel le estuvieran prestando atención. (No se la prestaban.)

Dash jugueteaba con sus gafas de apoyo, obligándose a sí mismo a confiar en Gabriel. No se iban a estrellar.

No iban a chocar contra un muro de maquinaria ni a salirse de control.

No se iban a estampar en el suelo a la máxima velocidad y explotar por el impacto.

Gabriel no iba a permitir que nada de eso ocurriera. Dash lo sabía. Como también sabía que Gabriel era el mejor piloto, por mucho.

Aun así, le habría gustado ser él quien piloteara la nave.

Se fueron acercando al lugar de aterrizaje. Gabriel llevó el transbordador a baja altura y gran velocidad. Trazando círculos, sobrevoló la maquinaria oxidada. Dos inmensas estructuras planas de color gris se extendían por espacio de kilómetros en la superficie del planeta. Estaban atravesadas por una delgada cinta roja. Era el río de lava, donde encontrarían el elemento. O eso esperaban.

La pequeña nave se inclinó bruscamente a la derecha; luego se abalanzó en picada con la parte delantera dirigida al suelo.

—¡Detente! —gritó Dash. Parecía que fueran directo al río de fuego.

—Tranquilo —murmuró Gabriel—. Dame un minuto.

—En un minuto estaremos nadando en lava derretida —insistió Dash—. ¡Para!

—Lo tengo controlado —replicó Gabriel.

El *Gato Nebuloso* bajaba cada vez más. Piper notaba que el estómago le daba saltos mortales. Dash estaba a punto de tomar el control por la fuerza cuando, en el último segundo, abandonaron el descenso.

El *Gato Nebuloso* se enderezó y pasó rozando el río. El fuego lamía el vientre de la nave. Gigantescos muros metálicos se elevaban a ambos lados del transbordador y arañaban las nubes. La nave avanzaba a gran velocidad por el estrecho pasadizo siguiendo el curso del río, zigzagueando de un lado a otro, ceñido a sus curvas. Hasta que…

—Prepárense —advirtió Gabriel—. Aterrizaje en tres…

Dash se agarró con fuerza.

Piper contuvo el aliento.

—Dos…

El *Gato Nebuloso* se inclinó levemente a la izquierda y apuntó hacia un lugar estrecho y despejado en la orilla. Tenía apenas la anchura de la nave.

—Uno…

No existía margen de error. Demasiado a la izquierda y se estrellaban contra la pared. Demasiado a la derecha y se hundían en la lava hasta el cuello.

—¡Aterrizaje! —gritó Gabriel al tiempo que el *Gato Nebuloso* se posó en el suelo de tierra con un tremendo golpe que les hizo temblar.

Piper soltó el aliento con un enorme suspiro de alivio. Dash le dio a Gabriel una fuerte palmada en la espalda.

—¡Lo conseguiste, amigo!

—Te ves sorprendido —respondió Gabriel.

Dash se echó a reír.

—¿Cómo debería verme?

—"Maravillado" no estaría mal —sugirió Gabriel—. También acepto "atónito", "sobrecogido" o "alucinado".

—¿Podemos dejar para luego la elección del adjetivo adecuado? —intervino Piper—. Tenemos que recoger un elemento —cuanto antes empezaran, antes podrían regresar a salvo a la nave.

Con un poco de suerte.

Dash y sus dos compañeros salieron a la superficie con cautela. Dash respiró hondo. Le asombraba que hubiera otros planetas con una atmósfera idéntica a la de la Tierra. Según los resultados con los que contaban, el aire en Meta Prima contenía exactamente las mismas proporciones de oxígeno y nitrógeno. Pero tenía un sabor diferente, casi metálico, como cuando te muerdes el labio y brota sangre.

Se quedaron parados en el margen del río efervescente. Discurría teñido de rojo por la lava derretida, y burbujas de fuego estallaban y se apagaban con un silbido al caer sobre la orilla. La tierra negra estaba carbonizada, surcada de grietas y fisuras perforadas por la lava. A lo largo de cada orilla, los muros de maquinaria se elevaban más y más hasta desaparecer entre las densas nubes rojizas. Era como si se encontraran al pie de un estrecho cañón entre dos montañas escarpadas hasta un punto inverosímil.

—Así que esto es Meta Prima —dijo Gabriel con un hilo de voz—. ¡Madre mía! —con la excepción del río vertiginoso, en el resto del planeta reinaba la calma. Aparte de la presencia de los tres, no había señales de vida. Pero, por algún motivo, Gabriel seguía teniendo la sensación de que debía hablar en susurros.

Como si alguien estuviera escuchando.

—Sí —murmuró Dash. La quietud de aquel lugar, el vacío, resultaban inquietantes. Como uno de esos pueblos de los cuentos de hadas donde todos los habitantes sufren un hechizo y duermen durante un siglo. No quería ser él quien los despertara—. ¡Madre mía!

—Al menos, aquí no hay raptogones —comentó Piper—. Por ahora es mi planeta preferido, eso seguro.

—El preferido de dos —puntualizó Gabriel con tono seco.

Piper condujo su silla flotante hacia un grupo de pequeños robots alienígenas que se encontraban inmóviles a la orilla del río. Eran pequeñas criaturas compactas, con un cuerpo trapezoide que se mantenía en equilibrio sobre dos pies achaparrados.

Piper tocó suavemente uno de los robots.

—¡Piper! —siseó Dash—. ¿Qué haces?

—Sólo quería ver si se despertaba —respondió ella.

—¿Por qué íbamos a querer despertarlo? —preguntó Dash, alarmado. Después de la aventura en J-16, esperaba con ansia un planeta sin señales de vida. La ausencia de seres extraterrestres significaba que nada podría devorar a la tripulación.

—Creo que está muerto —comentó Piper con una nota de tristeza—. O inerte, o lo que se diga cuando es una máquina. No nos puede hacer daño —los pequeños robots estaban por todas partes, como puntos inmóviles en el paisaje inanimado—. Es como si la gente se hubiera marchado así, de pronto —añadió con asombro—. ¿Por qué habrán dejado atrás a estos pequeñitos?

—Quizá no tuvieron más remedio —respondió Dash. Empezaba a tener un mal presentimiento sobre aquel lugar. Daba la impresión de que el planeta entero estuviera conteniendo el aliento, aguardando a que algo sucediera—. Puede que se fueran a toda prisa.

—Estas paredes están muy estropeadas —comentó Gabriel al tiempo que señalaba el metal rasgado y retorcido—. Y esas cosas oxidadas que sobresalen parecen, no sé…, cañones. ¡Eh! ¿Creen que aquí hubo una batalla o algo por el estilo?

—Me temo que está a punto de haberla —respondió Piper, sólo medio en broma, mientras las nubes se abrían y una luz brillante se precipitaba hacia ellos.

—Espero de veras que no sea lo que me parece que es —dijo Gabriel. Pero sí lo era: un transbordador espacial se disponía a aterrizar enfrente de ellos, al otro lado del río.

Dash se tapó los oídos con las manos para amortiguar el rugido atronador de los motores. Cuando la nave tocó tierra, Dash se percató de que Anna manejaba los controles. Reflexionó que el transbordador de líneas afiladas parecía una mantis religiosa —o acaso una cucaracha—, pero aun así merecía un piloto mejor.

Los motores se apagaron y Anna, Siena y Niko abandonaron la nave.

—¿Qué demonios hacen aquí? —preguntó Gabriel a gritos—. ¿Les gusta seguirnos a todas partes o qué?

—Hacemos lo mismo que ustedes —respondió Anna también a gritos—. Sólo que más rápido. Y mejor. Como de costumbre.

—¡Ya quisieras!

Anna se echó a reír.

—Los Alfa no tienen ni idea de lo que pasa aquí abajo, ¿a que no? —vociferó Anna.

Ambas tripulaciones se colocaron frente a frente en el punto más estrecho del río, apenas a unos metros de distancia; lo bastante cerca como para escucharse unos a otros a través de la lava burbujeante. Nadie quería acercarse demasiado a la orilla y correr el riesgo de que un chorro de lava líquida le saltara a la cara.

—Sabemos tanto como ustedes —replicó Dash.

El equipo Omega soltó una carcajada.

—Entonces, ¿Chris les contó todo? —preguntó Anna—. ¿Absolutamente todo?

—¿Adónde quiere llegar? —preguntó Piper en voz baja—. ¿Y de dónde conoce a Chris?

Dash y Gabriel se encogieron de hombros. Nunca se sabía qué intenciones tenía Anna… excepto la de ganar.

—¡Claro que nos lo contó! —respondió Dash a gritos, tratando de parecer más confiado de lo que se sentía.

No estaban en la Base Diez; no estaban luchando para formar parte de la misión. Aquel enfrentamiento había concluido, y Dash había salido vencedor. Puede que Anna lo hubiera olvidado, pero él no.

—Entonces, ¿saben lo de los peones? —preguntó Niko—. ¿Y lo de la guerra?

—Mmm, ¿la guerra? —murmuró Gabriel.

No sonaba nada bien.

—¿Qué guerra? —preguntó Dash elevando la voz.

Mientras hablaba, un chirrido ensordecedor de metal contra metal atravesó el aire. La tierra tembló.

—Oh-oh —dijo Gabriel.

—¿Qué está pasando? —vociferó Piper al tiempo que alrededor del trío la maquinaria rugía y rechinaba mientras recobraba vida.

—Esto no me gusta nada —comentó Gabriel.

—Miren —indicó Dash, al que le costaba articular palabra de puro miedo—. Miren los robots.

Las extrañas y pequeñas máquinas esparcidas por la orilla ya no estaban inmóviles.

Marcharon al unísono en dirección al río, llenaron de fuego líquido sus vientres metálicos y luego se dirigieron con fuertes pisadas hacia el muro de maquinaria. Una puerta gris se abrió deslizándose y la oscuridad se los fue tragando uno a uno. Arriba y abajo de las paredes, cañones oxidados se giraban lentamente hacia la orilla contraria.

—¡Esa guerra! —gritó Anna, y se dio a la fuga para ponerse a cubierto cuando uno de los cañones en el lado del río de los Alfa lanzó al aire una bola de lava en llamas.

De pronto, el aire se inundó de fuego.

—¡Corran! —gritó Dash.

Gabriel, Dash y Piper huyeron orilla abajo tan rápido como podían, buscando refugio desesperadamente. El calor les chamuscaba la piel. Bolas de fuego pasaban zumbando por lo alto y explotaban al chocar. Fragmentos retorcidos de metal llovían del cielo.

—¡Aquí! —Dash había descubierto una grieta en la pared. Sólo tenía unos sesenta centímetros de profundidad, pero les permitiría detenerse a considerar el paso siguiente.

—Chris no nos dijo que nos iba a soltar en mitad de una guerra —protestó Gabriel, falto de aliento.

—¿Cómo lo iba a saber? —preguntó Dash.

—Bueno, los Omega lo sabían de sobra —señaló Gabriel—. ¿Quién se lo dijo a ellos?

—Chicos, da igual quién sabía qué —intervino Piper—. La cuestión es, ¿qué hacemos ahora? ¿Cómo se supone que vamos a recoger el elemento en medio de todo esto?

Dash sabía que Piper estaba en lo cierto. Esa era la cuestión principal.

Sólo que él no tenía la respuesta.

—¿Chris? ¿Carly? —dijo al Mobile Tech Band que llevaba alrededor de la muñeca. Lo conectaba a la inmensa base de datos de la nave y, no menos importante, al resto de la tripulación—. ¿Se les ocurre alguna idea ahí arriba?

Dash contaba con ver la cara de Carly mirándolo desde la pequeña pantalla del MTB, pero no vio nada. Sólo interferencias.

Lo volvió a intentar.

—¿Hola? *¿Leopardo Nebuloso?* ¿Me oyen?

—Tiene que ser la atmósfera —afirmó Piper—. Chris nos lo advirtió.

—O las interferencias magnéticas —apuntó Gabriel—. Si todo este planeta acaba de recuperar la conexión, debe estar produciendo montones de ondas electromagnéticas.

No importaba por qué habían perdido la señal.

De una manera u otra, había desaparecido. Era imposible establecer contacto con el *Leopardo Nebuloso*.

Estaban solos.

—¿Cómo que perdimos la señal? —preguntó Carly a gritos. Golpeó ruidosamente el monitor como si así pudiera volver a funcionar. Un enjambre de ZRK revoloteó en el aire entre gritos de alarma y rodeó a Carly; parecía que aguardaban a que rompiera algo.

El golpe resultó inútil: la pantalla seguía sin mostrar nada más que interferencias.

—No es una máquina expendedora estropeada —le advirtió Chris—. Ten cuidado, por favor.

—¿Que tenga cuidado? ¡Yo no estoy en un planeta desconocido sin ningún apoyo! ¡Yo no necesito preocuparme de tener cuidado!

—Cálmate, por favor —insistió Chris.

—¿Cómo me voy a calmar? No tenemos ni idea de lo que está ocurriendo ahí abajo, no podemos ayudarlos ni saber qué les está pasando —Carly, frustrada, estampó la mano en el lateral de su asiento.

Le dolió.

Respiró hondo una vez. Luego otra.

—Está bien, ya me calmé —no era verdad, pero quizá lo hiciera después de respirar hondo varias veces más.

Carly se sentía furiosa con la nave; con las interferencias atmosféricas; con Chris, por estar tan calmado; y con la tripulación, por encontrarse tan lejos. Pero, sobre todo, se sentía furiosa consigo misma. Había sido demasiado cobarde para bajar al planeta, y ahora estaba ahí arriba sana y salva mientras sus amigos se podían estar enfrentando a toda clase de peligros. Y ella no podía ayudarlos. Ni siquiera podía hablar con ellos. Se suponía que conocía la nave lo bastante bien para solucionar cualquier crisis que surgiera.

Pero ni siquiera era capaz de conseguir una estúpida señal de radio.

—Sabíamos que esto podía ocurrir —le recordó Chris—. La atmósfera está plagada de tormentas eléctricas. Será difícil establecer comunicación.

—¿En serio no podemos hacer nada? —preguntó Carly.

—Sólo esperar.

Esperar nunca se le había dado bien. Si Dash y los otros dos miembros de la tripulación estaban desconectados, ella debería estar haciendo algo al respecto.

—¿Por qué no bajas a la biblioteca? —sugirió Chris, como si supiera exactamente lo que Carly estaba pensando—. Tal vez encuentres algo en los registros sobre cómo aumentar la fuerza de nuestra señal.

—¿No crees que debería quedarme aquí contigo? Por si vuelve la señal.

—Seguiré comprobando la línea —le aseguró Chris—. Te informaré en cuanto se produzca algún cambio. Si las tormentas se detienen, lo normal es que podamos comunicarnos.

—Y mientras tanto ¿qué? —insistió Carly—. ¿Y si ahí abajo pasa algo y no pueden ponerse en contacto con nosotros? ¿Y si necesitan nuestra ayuda? —no le cabía en la cabeza que Chris pudiera estar tan tranquilo.

—Todo va a salir bien —respondió él—. Estoy seguro.

Carly frunció el ceño.

—Pues yo no tanto.

—Atención. *Leopardo Nebuloso.*

Dash, Piper y Gabriel se habían pegado a la imponente pared, bajo un estrecho saliente que los protegía de la lluvia de fuego. Estaban a salvo… por el momento. Pero también estaban atrapados. No encontraban la forma de entrar en el complejo: no había puertas, sólo una pared monumental que se extendía a lo largo y a lo alto hasta el infinito. Si no conseguían entrar, les sería imposible buscar un objeto lo bastante resistente para albergar el Magnus 7.

Por no mencionar que, al parecer, habían aterrizado en mitad de una guerra.

Era exactamente la clase de situación terrible, horrorosa, funesta y fatal para la que habían preparado un plan de apoyo de emergencia. Por desgracia, el plan incluía al *Leopardo Nebuloso.*

Y el *Leopardo Nebuloso* no contestaba.

—*Leopardo Nebuloso,* aquí Dash —quizá, aunque él no los oyera, ellos le podían oír a él—. Estamos atrapados en la superficie del planeta, en medio de una batalla. No sabemos cómo vamos a recoger el elemento, pero…

—¿QUIÉN ES?

La voz retumbó en los auriculares del trío.

No era Chris. No era Carly.

Era una voz potente, arcaica, y no precisamente alegre.

—¿Quiénes son ustedes para irrumpir en mi mundo? —prosiguió la voz.

Dash, Piper y Gabriel intercambiaron miradas aterrorizadas. Dash se aclaró la garganta.

—¿Quién es usted? —espetó.

Se produjo una pausa, como si la voz estuviera contemplando la idea de devolverle la insolencia. Entonces, respondió:

—Soy lord Garquin, y éste es mi mundo. Denme una razón por la que no debería borrarlos de la faz de mi planeta.

—**¿Y bien?** —retumbó la voz—. Estoy esperando. Denme una explicación, o afrontarán las consecuencias.

Dash se preguntó si era posible que su corazón desbocado se le acabara saliendo del pecho.

—Es un alienígena —susurró Piper, con los ojos abiertos de par en par por el asombro.

—Seguro que sí —coincidió Gabriel, esforzándose por parecer tranquilo. No se le estaba dando muy bien.

Habían visto una enorme cantidad de cosas increíbles desde que empezaron a formar parte de la misión Alfa. Naves que atravesaban el universo, robots que hablaban (y citaban frases de películas malas) y sillas flotantes, así como dispositivos Mobile Tech Band, tubos de aire y ZRK. Por no hablar del raptogón "diez-veces-más-terrorífico-que-un-T-rex" al que se habían enfrentado en el planeta J-16. Se habían quedado atónitos una vez tras otra. Pero nada se podía comparar con lo que tenían delante.

Inteligencia extraterrestre.

Un extraterrestre vivo, real, que les hablaba y al que podían escuchar.

No tenía ninguna lógica. Los escáneres no habían mostrado señales de vida. Entonces, ¿de quién era esa voz que sonaba como la del malo de un videojuego? ¿Esa voz que hablaba por el canal privado de comunicación del equipo Alfa y, para colmo, en su mismo idioma?

—¿Creen que sea una máquina? —preguntó Dash—. ¿Un robot? ¿O una grabación?

La voz carraspeó y produjo un estruendo profundo y aterrador.

—¿Debo asumir que prefieren afrontar las consecuencias?

—Mmm, no creo que eso sea una grabación —resolvió Gabriel—. Igual deberías contestarle a ese tipo.

—Deprisa —añadió Piper. Se daba cuenta de que Dash estaba preocupado por si decía algo que no debía—. Tranquilo.

Dash decidió que tenía dos opciones. Podía inventarse una respuesta que, a su entender, agradara a lord Garquin y rezar para que la respuesta no provocara que los borrase de la faz del planeta.

O podía decir la verdad.

Dash respiró hondo y confió en estar eligiendo correctamente. Se acercó el MTB a la boca para que las palabras llegaran altas y claras.

—Venimos de la Tierra, que está a unos dos mil quinientos millones de kilómetros de aquí. Tratamos de salvarla. En su planeta hay un elemento llamado Magnus 7. Sólo necesitamos un poco, lo llevaremos a nuestra nave y no nos volverá a ver más.

—¿Tenían la intención de robarme?

—Más bien de… tomarlo prestado.

—Ah, ¿lo pensaban devolver? —replicó lord Garquin.

—Ehh… —Dash lanzó una mirada de desesperación a Gabriel y Piper, pero a ellos tampoco se les ocurría nada—. No, supongo que no.

—En ese caso, son ladrones. Vienen a robarme a mí y a mi mundo.

Se produjo una pausa larga y espeluznante.

Entonces, lord Garquin soltó una leve risa. El sonido resultó cálido y tranquilizador a los oídos del trío.

—Respeto tu sinceridad.

Dash soltó todo el aire de una vez. Los aterradores señores supremos de planetas alienígenas no solían soltar risitas antes de aplastar a los intrusos. Al menos, eso le parecía.

Respondió:

—Entonces, no le importa que recojamos una pizca de Magnus 7 y nos larguemos de aquí.

—¡No dije eso! —atronó lord Garquin.

Dash miró a sus compañeros. "Valía la pena intentarlo", dijo moviendo los labios sin hablar.

—Pero… —la voz de lord Garquin se apagó.

Los tres aguzaron el oído. El "pero" sonaba prometedor.

—Pero ¿qué? —le instó Piper. Se sentía tan nerviosa como sus amigos por aquella misteriosa voz que les llegaba al oído… pero también se moría de curiosidad. ¿Quién era aquel tipo? ¿Qué quería de ellos? ¿Qué relación tenía con las dos paredes cubiertas de maquinaria y las bolas de fuego que volaban entre ambas?

—Pero quizá nos podamos ayudar mutuamente —prosiguió lord Garquin—. Yo podría explicarles cómo recoger ese Magnus 7 del que hablan. Y ustedes me podrían ayudar a ganar mi guerra.

—Creí que había dicho "mi mundo" —intervino Gabriel—. Si el mundo entero le pertenece, ¿con quién está en guerra?

—Tal vez no he hablado con, eh… absoluta precisión —admitió lord Garquin—. Éste es mi mundo, sí. Pero también es el mundo de lord Cain. Los dos lo dividimos por la mitad. A un lado del río está mi dominio, un reluciente y hermoso reino de maravillas metálicas. Al otro lado del río, mi eterno adversario gobierna sus tierras oscuras y decrépitas. Está al acecho detrás de su oxidada y destartalada pared llena de artilugios de pésima calidad y sólo vive para atormentarme. Por supuesto, con un único vistazo se averigua qué reino es cuál.

—Mmm… —a Dash, las dos paredes le parecían igual de grises y anodinas—. Claro. Por supuesto que sí.

Gabriel se llevó una mano a la boca para contener la risa.

Piper lanzó una mirada furiosa a ambos.

—¿Qué ocurrió entre ustedes dos? —le preguntó a Garquin—. ¿Por qué están en guerra?

—¿Por qué? Porque… bueno, porque sí —respondió.

—Quiero decir, ¿para qué luchan? —aclaró Piper.

—Luchamos para ganar —respondió lord Garquin—. ¿Para qué, si no?

—Claro, ¿para qué, si no? —coincidió Gabriel. Dash hizo un gesto de afirmación.

Piper suspiró y negó con la cabeza. Chicos. Hasta los alienígenas se obsesionaban con ganar. Por otra parte, si Carly estuviera allí, seguramente habría sido la primera en estar de acuerdo. Y Anna era la persona más supercompetitiva que había conocido nunca. ¿Es que sólo

Piper pensaba que no bastaba con ganar? ¿Que debía existir una razón para luchar?

Eso parecía.

—Nuestra guerra se remonta a siglos atrás —continuó lord Garquin—. Sin embargo, durante muchos años hemos vivido en paz bajo una tregua. Hoy mismo, lord Cain rompió la tregua. Como ven, yo soy la parte lesionada.

—¿La parte lesionada? ¿Se hirió luchando? —preguntó Dash.

—¿Y qué parte del cuerpo se lesionó? —añadió Gabriel.

—"La parte lesionada" significa que soy el único que no ha hecho nada malo —respondió lord Garquin con tono irritado—. Lord Cain me atacó sin avisar, sin motivo alguno.

—Un momento —interrumpió Dash, al caer de pronto en la cuenta de lo que aquello significaba—. El primer disparo llegó de este lado del río. ¿Quiere decir que estamos en el territorio de lord Cain?

—¡Pues claro! —exclamó lord Garquin—. ¿No ves la repugnante decrepitud?

—Sí, claro —se apresuró a responder Dash. Volvía a ponerse nervioso. Fuera quien fuera el tal lord Cain, seguro que no le haría gracia que un trío de desconocidos maquinaran en su propio territorio junto con lord Garquin.

—Por suerte para nosotros —añadió lord Garquin—, en el dominio de lord Cain hay algo que ustedes y yo necesitamos. ¿Nos ayudamos mutuamente?

—No estoy seguro, la verdad —respondió Dash. No se decidía a involucrarse en una guerra que le era ajena.

Sobre todo porque ni siquiera conocía el motivo de la guerra.

—¿Y si les dijera que no tienen elección? —preguntó lord Garquin.

A Dash no le gustó cómo sonaba la pregunta. Sonaba a chantaje.

—Explíquese.

—¿Vieron esos pequeños robots que recogen lava del río y la llevan al otro lado de la pared? —preguntó Garquin—. Son los peones. Cain y yo los utilizamos para recoger la lava líquida que proporciona energía a nuestros territorios. Podrían usar uno de ellos para llevar el Magnus 7 sin peligro a su nave. Si les ayudo a reprogramarlo, claro está.

—¿Qué tenemos que hacer a cambio? —preguntó Dash.

—Uno de mis peones está espiando tras las líneas enemigas. Deberían encontrarlo en el centro de comunicaciones del reino de lord Cain. Cuando encuentren a TULIP...

—¿TULIP? —se extrañó Gabriel.

—El peón espía.

—¿Le puso de nombre TULIP? —preguntó Gabriel sin dar crédito.

—Le puse de nombre TULIP. A ella. ¿Algún problema?

—No —dijo Dash a toda prisa mientras miraba a Gabriel como diciendo "basta de hablar"—. Desde luego que no.

—Eso mismo pensé. Bueno, cuando encuentren a TULIP, los guiará hasta el interruptor que proporciona a Cain el control de todo su complejo. Apagarán el interruptor y lo dejarán sin electricidad. Entonces, y sólo entonces, les ayudaré a reprogramar a TULIP para que recoja y almacene la cantidad de Magnus 7 que necesiten. ¿Lo ven? Es muy sencillo, y todos salimos ganando.

—Lo que veo es que nosotros corremos todos los riesgos y ganamos su guerra —replicó Dash—. Mientras tanto, usted se queda encerrado tan plácidamente detrás de su pared enorme y maciza.

—Bueno, sí, es otra manera de verlo —admitió Garquin—. Pero mi manera es mucho más agradable, ¿no les parece? Y hay algo más: si acceden a ayudarme, me comprometo a no lanzar bolas de fuego a su orilla del río hasta que estén a salvo detrás de la pared.

—¿Y si no aceptamos? —preguntó Dash.

Lord Garquin soltó una alegre carcajada.

—¿Quién sería tan estúpido? —preguntó entre risas—. A menos que quemarse vivo sea lo que entiendan por divertirse.

—Es verdad —convino Piper en voz baja—. No tenemos elección.

—Lo sé —respondió Dash, y puso las radios en silencio durante unos instantes—. Pero no me gusta —estaba un poco impresionado por el hecho de haber estado hablando con un ser alienígena inteligente.

Un poco impresionado y más que un poco asustado.

—¿Cómo sabemos que podemos confiar en lo que nos dice este tipo? —preguntó Dash—. ¿Cómo sabemos que lo que dice es verdad? Hay muchas cosas que no encajan.

—¿Por ejemplo? —se interesó Piper.

—Por ejemplo, por qué habla nuestro idioma —señaló Dash.

—Es un extraterrestre superinteligente —respondió Gabriel—. Todos hablan nuestro idioma. O vete tú a saber, lo mismo habla en lengua garquiana y tiene un artilugio microscópico superavanzado que traduce lo que dice para que lo entendamos. Estas cosas funcionan así.

—En las películas —puntualizó Dash. A veces se preguntaba si Gabriel se creía el protagonista de su propia película. Era verdad que los alienígenas de las películas casi siempre encontraban la manera de hablar en algún idioma terrestre. Y por lo general saltaba a la vista quién era bueno y quién era malo. Era fácil saber en quién confiar.

Pero aquello era la vida real.

Nada era fácil.

—Vamos, ¿no les gustaría ver qué hay detrás de la pared? —preguntó Gabriel. Estaba deseando echar un vistazo a toda la maquinaria.

—Estoy seguro de que ese tal lord Cain está detrás de la pared —comentó Dash—. Si nos ve, no creo que vaya a ser muy divertido.

—Actuaremos deprisa y sin hacer ruido —propuso Gabriel—. Sabes que podemos. Por no mencionar que es lo que tenemos que hacer.

Dash lamentó no poder consultarlo con Chris y Carly pero, al final, no importaba. No había manera de evitarlo. Necesitaban el Magnus 7, y ayudar a lord Garquin era la manera más factible de conseguirlo.

—Entonces, ¿todos de acuerdo? —preguntó Dash a su equipo. Era una decisión importante. No quería tomarla a menos que los tres estuvieran de acuerdo.

—Como ya dije —respondió Piper—, no tenemos elección.

—Vayamos a ganar una guerra —dijo Gabriel.

Dash volvió a encender la radio.

—De acuerdo —le dijo a lord Garquin—. Díganos qué debemos hacer.

Chris observaba Meta Prima a través de la pantalla, tratando de calmar sus nervios. Desde la distancia, el planeta parecía una esfera intacta de color gris. Parecía íntegro y en paz. Pero Chris conocía la verdad. Era un mundo plagado de conflictos. Era un mundo de maquinaria y destrucción. Un mundo desgarrado entre dos amos que no se detendrían ante nada para conquistarlo entero.

Era el mundo al que había enviado a su tripulación. Dash, Piper y Gabriel estaban allá abajo, haciendo todo lo posible por sobrevivir. Y probablemente pensaban que él los había abandonado.

Suspiró. Había pensado que sabía en qué los estaba metiendo. Pero algo iba mal en la superficie del planeta, algo que él no era capaz de explicar. Algo, quizá, relacionado con la otra nave en su órbita. O con el joven en esa nave, que era idéntico a él.

Se preguntó si, después de todo, le debería haber contado la verdad a su tripulación.

Detestaba mentirles, aunque fuera por el propio bien de ellos.

"Cuando regresen a la nave —se prometió a sí mismo—, les contaré todo."

Tan pronto como regresaran.

Si es que regresaban.

7

Lord Garquin cumplió su palabra. Siguiendo sus directrices, se acercaron sigilosamente a los peones que circulaban de un lado a otro entre la pared y el río. Piper, Dash y Gabriel se colocaron cada uno junto a un peón; adaptándose a su paso, marcharon hacia el imponente muro metálico. Una puerta plateada se abría hacia un lado y se cerraba, admitiendo a un peón cada vez.

—¿Está usted seguro? —murmuró Dash en voz baja mientras él y su peón se acercaban a la puerta gigantesca. Ésta se cerró con una fuerza colosal y se veía lo bastante afilada como para partirlo por la mitad.

El peón no parecía percatarse de su presencia. Pero Dash no pudo evitar fijarse en el pequeño círculo abultado en el centro del pecho del robot. Tenía un gran parecido con la boca de una pistola.

Era exactamente lo que Dash había temido: el ejercicio de entrenamiento de la Base Diez hecho realidad. Los peones de la base lanzaban rayos láser desde el pecho.

Además, los peones de la base eran hologramas; sus rayos láser resultaban inofensivos.

Esta vez, el equipo Alfa no tendría tanta suerte.

—Entren al mismo tiempo que el peón y todo irá bien —aseguró lord Garquin.

No había razón para confiar en el alienígena pero… ¿qué podían hacer? Dash volvió la vista atrás. La silla flotante de Piper fluctuaba junto al peón de ésta; Gabriel y el suyo iban en retaguardia.

—¿Preparados, chicos? ¡Vamos! —Dash y su peón llegaron a su destino. El pequeño robot se detuvo frente a la inmensa pared y lanzó varios pitidos y chirridos. La puerta plateada se abrió y el peón entró con paso firme. Dash se introdujo con él a toda prisa y justo entonces sonó un portazo. Cuando la puerta se cerró de golpe, Dash notó una ráfaga de aire caliente en la nuca y sintió un escalofrío. Se había salvado de milagro.

La puerta se abrió dos veces más; Piper y Gabriel se reunieron con él. Los tres miembros del equipo Alfa miraron a su alrededor, asombrados. La simulación holográfica de aquel lugar que habían visto en la Base Diez no tenía comparación con la escena verdadera.

Era una fábrica. Una fábrica del tamaño de una ciudad, un hervidero de vida metálica. Cintas transportadoras entrecruzaban el aire, como autopistas ascendentes que trasladaban a los peones allá donde tuvieran que ir. Se extendían hasta donde alcanzaba la vista. Una columna de llamas se elevaba en el centro del inmenso espacio, sujeta por lo que debía de ser una especie de campo de fuerza. Tubos metálicos transportaban lava en llamas hacia la pared exterior, y la introducían en cañones gigantes. Túneles y pasillos se enroscaban como serpientes a la columna de fuego formando una espiral ascendente. Debía de haber kilómetros de ellos.

Todo estaba en movimiento, no sólo los peones y las cintas transportadoras, sino las propias paredes. Todas las superficies se encontraban cubiertas de piezas mecánicas de acero y de bronce, diales e indicadores de datos, agujas en movimiento y monitores parpadeantes, pistones atascados y engranajes giratorios.

Gabriel tuvo la impresión de que había conocido aquel lugar en sus sueños. Una tierra de máquinas donde todo era gobernado por reglas. Por leyes físicas específicas y comprensibles. Un mundo donde era posible desmontar cualquier objeto y ver cómo funcionaba. Así deberían ser los mundos, reflexionó. Era el lugar más extraño que había visto jamás, pero nunca se había sentido hasta tal punto como en casa.

Por otro lado, Dash había visto aquel suelo de tablero de damas en sus pesadillas. No había tierra firme entre ellos tres y los pasillos que rodeaban la columna central. En vez de eso, el aire silbaba con el movimiento de las placas de bronce voladoras que trasladaban a los peones de una cinta transportadora a otra. Cuando estaban en la Tierra, se habían entrenado en una versión simulada de aquel universo. Después de numerosas salidas nulas, Dash, Piper, Gabriel y Carly lo habían conseguido.

Aunque haciendo trampa.

—Deje que lo adivine —le dijo con voz cansada a lord Garquin—. Tenemos que atravesar los cuadrados en movimiento y entrar en uno de esos túneles.

—En efecto —confirmó Garquin—. Los túneles los adentrarán en el complejo, hasta que lleguen al núcleo.

—¿Y cómo se supone que vamos a llegar a los túneles? —preguntó Dash.

Hasta el mismo Gabriel parecía nervioso.

—Es verdad, esto no es un holograma. Esta vez, si nos caemos de un cuadrado, o si un peón nos ataca… —se asomó desde el saliente en el que se encontraban. El complejo se hundía bajo el suelo a tanta distancia como se elevaba sobre él. Si se caían, el descenso sería muy largo.

Gabriel arrastró un dedo de un lado a otro de la garganta.

—Nada de segundas oportunidades —dijo—. Nada de trampas.

—Quizá alguna que otra trampa sea posible —apuntó lord Garquin—. Conozco bien estos patrones. Puedo guiarlos para que atraviesen hasta el otro lado.

Gabriel observaba con atención el movimiento de los cuadrados de bronce.

—No hay patrones —replicó—. Es aleatorio. Cada vez que parece que existe un patrón, cambia por completo.

—Lo que a ti te parece aleatorio, humano, es perfectamente sistemático para una inteligencia superior.

—¿A quién está llamando humano? —repuso Gabriel, percibiendo que lo estaban insultando.

—¿De verdad puede llevarnos hasta el extremo contrario? —intervino Dash con rapidez. Si Gabriel se sentía herido en su orgullo, podían pasarse el día entero discutiendo.

—Ya lo creo —les aseguró lord Garquin—. Los dispositivos digitales que llevan alrededor de la muñeca emiten una señal eléctrica. Puedo seguir sus movimientos con precisión. Siempre y cuando hagan exactamente lo que les diga, permanecerán intactos.

—¿Crees que nos seguirá considerando "intactos" si nos hacen un agujero con un láser? —preguntó Gabriel con susurros.

Piper carraspeó.

—Eh, ¿chicos? Hay un pequeño problema. O mejor dicho... —señaló con un gesto la silla flotante—. Un problema grande.

—Ah —Dash se sintió como un idiota. Por supuesto, Piper no podía saltar de un cuadrado de bronce a otro. La silla flotante sería un milagro de la tecnología, pero no podía hacer algunas cosas. Necesitaba algo sólido debajo para poder deslizarse por el aire.

Era lo que más le costaba admitir a Piper. Pero no iba a tolerar que su orgullo se interpusiera en la misión.

—Da igual —dijo—. Me puedo quedar aquí. Vigilaré la entrada.

—De ninguna manera —tronó lord Garquin—. Fíjense en las vigas que van desde donde están hasta la columna central.

El equipo Alfa, obediente, se fijó en las vigas. Una red de barras de acero ascendía en una pendiente espectacular hacia la columna, soportando su peso.

—No veo por qué no puedes montarte en una de esas vigas para ir exactamente adonde tengas que ir.

Piper esbozó una amplia sonrisa.

—¡Tiene toda la razón!

—Espera un momento, Piper —dijo Dash—. ¿Cómo sabes que tu silla flotante puede mantener el equilibrio ahí arriba? ¿Y si te caes?

—¿Y si no me caigo? —replicó Piper. Antes de que Dash pudiera responder, lanzó su silla hacia delante.

—¡Vamos, Piper! —la animó Gabriel mientras la silla flotante ascendía en paralelo a la pendiente de acero.

Dash contuvo el aliento a medida que la silla se inclinaba y oscilaba de un lado a otro. Su compañera estaba a mucha altura, y si se caía…

—¿Qué esperan, holgazanes? —Piper se deslizó suavemente por encima del extremo de la viga y entró en la boca de uno de los túneles de acero gigantes—. ¡Vamos, arriba!

Gabriel, maravillado, negó con la cabeza.

—Aparenta ser prudente y razonable; pero a veces pienso que a esa chica le encantan los riesgos.

—Pues yo empiezo a hartarme de los riesgos —replicó Dash, intentando aliviar la tensión que sentía en el pecho ahora que Piper estaba a salvo. Al menos, tan a salvo como cualquiera de los tres podía encontrarse en aquel lugar—. Puede que el siguiente elemento esté en un planeta bonito y tranquilo, con una playa.

—Te adelantas a los acontecimientos, humano —dijo lord Garquin—. Centrémonos en este planeta, ¿de acuerdo?

Dash observó que las planchas de cobre se movían de un lado a otro velozmente e intentó apartar de su memoria todas las veces que se había caído durante el ejercicio de entrenamiento.

—¿Preparado? —le preguntó a Gabriel. Se agacharon juntos, esperando la orden de Garquin para saltar.

—Preparado —respondió Gabriel con tono confiado.

—Muy bien —dijo Garquin—, porque… ¡ya!

Saltaron juntos sobre la gran plancha de bronce que pasó a toda velocidad junto a sus pies y avanzaron montados en ella hasta que Garquin gritó:

—¡Salten otra vez, a la izquierda!

—¡Salten! ¡Salten otra vez! ¡Otra vez! ¡Paren!

Saltaban; esperaban; saltaban de nuevo; brincaban de una plancha a la siguiente. Era como el juego de las estatuas, excepto que la tensión era máxima.

Otro salto rápido a la izquierda y otra plancha pasó volando a la altura de los ojos.

—¡Agáchense! —vociferó Garquin, pero Gabriel se retrasó medio segundo. La plancha le rozó la cabeza y perdió el equilibrio.

Gabriel se tambaleó, pero Dash lo sujetó por la cintura.

—¡Diablos! Por poco… —empezó a decir Gabriel, pero Garquin lo interrumpió.

—En cinco segundos, salten tan alto como puedan y agárrense.

—¿A qué nos agarramos? —preguntó Dash mientras Garquin iniciaba la cuenta atrás.

No hubo respuesta. Tan sólo:

—… tres, dos, uno, ¡ya!

Dash y Gabriel saltaron a la máxima altura posible.

Dash abrió los brazos de par en par y los alargó, confiando en…

—¡Sí! —envolvió los dedos en torno a una fina barra metálica. Se agarró con fuerza.

Gabriel estaba suspendido junto a él.

Ambos pendían del travesaño más bajo de una escalera metálica que ascendía por la parte exterior de un empinado túnel de acero. Los pies les colgaban sobre un abismo.

—Y ahora ¿qué? —preguntó Gabriel con un gruñido. Notaba que la barra estaba resbaladiza por el sudor.

—Ahora se unen a su amiga —indicó Garquin.

Dash estiró el cuello hacia arriba y vio a Piper en su silla flotante planeando por encima de la escalera. Muy en lo alto.

—Para usted es fácil decirlo —protestó al tiempo que se impulsaba hacia arriba dolorosamente, un travesaño detrás de otro. Los brazos le ardían por el esfuerzo. Se alegraba de que STEAM los hubiera atormentado para que siguieran al pie de la letra su régimen diario de entrenamiento.

El abismo era muy profundo.

Por fin, Dash consiguió ascender los travesaños suficientes como para poner un pie en la escalera. Gabriel iba un paso por detrás de él. A ritmo lento pero constante, continuaron subiendo más y más hasta que, por fin, se reunieron con Piper en terreno firme. Si se podía llamar así a la boca de un túnel gigantesco suspendido a treinta metros de altura.

—¿Por qué tardaron tanto? —bromeó Piper con una enorme sonrisa.

Ni Gabriel ni Dash tuvieron fuerzas para responder.

—Bienvenidos —les dijo lord Garquin al oído.

—Está sobreestimando nuestra gratitud, en serio —respondió Gabriel. Se frotó los hombros doloridos. Dash tenía razón, pensó. Un planeta con una playa la próxima vez no estaría nada mal. Jugos tropicales, un poco de surf, nada de bestias carnívoras o alienígenas arrogantes con complejo de superioridad.

—Adelante —indicó lord Garquin—. Su tarea consiste en llegar al centro de control, situado en medio de las instalaciones—. Allí encontrarán lo que ustedes y yo necesitamos.

—Sí, la robot espía, PETAL —dijo Gabriel.

—TULIP —lo corrigió Garquin.

—¿Está seguro de que esa cosa nos puede conseguir el Magnus 7?

—Estoy seguro de que si logran desconectar el centro de control, les indicaré cómo conseguir sus propios objetivos.

No es que fuera la respuesta más directa de la Historia; pero, evidentemente, era la mejor que iban a obtener.

—Este sitio es un laberinto —comentó Piper a medida que se adentraban poco a poco en el túnel, que al momento se dividió en tres pasillos—. ¿Cómo se supone que vamos a orientarnos?

—No teman —los tranquilizó lord Garquin—. Los llevaré adonde tienen que ir. A ver, tomen el tercer pasillo a la izquierda y sigan el túnel hasta que se bifurca; allí, tomen el desvío a la derecha.

Dash, Piper y Gabriel siguieron las instrucciones de Garquin paso a paso. Dando un giro tras otro, se fueron adentrando en el reino de lord Cain. Era un laberinto de bronce y acero. A las órdenes de Garquin, se deslizaron por los estrechos tubos y subieron otras escaleras de frío metal que parecían extenderse hasta el cielo. Escalaron una pared empinada aferrándose a una nudosa enredadera de hierro. Bajaron peldaños trabajosamente por espacio de lo que les pareció más de un kilómetro y, a continuación, se dejaron caer por un serpenteante y resbaladizo tobogán plateado lo que les pareció otro kilómetro.

Era como el recorrido de cuerdas más ridículo del universo. O acaso como el túnel del terror de un parque de diversiones.

No vieron señal de lord Cain o de cualquier otra criatura viviente. Sólo pasaron junto a peones, cientos de ellos. Peones que acarreaban lava desde el río, peones que cavaban nuevos túneles, peones que fabricaban otros peones. Ninguno parecía darse cuenta de la presencia del trío. Sin poder evitarlo, Dash se preocupó sobre qué pasaría si de pronto repararan en ellos.

—Esto no me gusta —declaró Piper mientras cruzaba por el aire un estrecho puente de cadenas. Las plataformas que el puente conectaba estaban separadas por una corta distancia, pero el abismo bajo sus pies tenía más de cien metros de profundidad. Piper puso en silencio el receptor de su MTB—. Incluso si Garquin consigue llevarnos ahí dentro, ¿y si tenemos que salir solos? No sé ustedes, pero yo no tengo ni idea de lo que hay que hacer.

Dash no podía discutirlo. Había estado intentando prestar atención a la ruta que seguían, pero eran tantos los giros y las vueltas que resultaba imposible memorizar los pasos. No entendía cómo Garquin lo podía hacer de memoria.

Si es que Garquin no se lo iba inventando sobre la marcha, naturalmente.

—Este sitio no tiene ni pies ni cabeza. Es como un juego mecánico de feria completamente disparatado —comentó Gabriel, que cruzó el puente de puntitas y alcanzó a salvo el otro extremo.

Dash soltó un bufido.

—Lo notaste ¿o qué?

—A ver, la manera en la que está diseñado no tiene sentido —había estado siguiendo el camino cuidadosamente, tratando de descifrar la lógica del recinto. Pero no tenía ninguna. Y eso tampoco era lógico. Aquellos alienígenas lo bastante inteligentes como para construir todos esos robots, además de una fábrica del tamaño de una ciudad donde acogerlos, deberían haber sido lo bastante inteligentes para construir una fábrica que tuviera sentido—. ¿Y todos estos túneles que no van a ningún lado? ¿O que van a todas partes excepto adonde quieres ir? Piénsenlo, nos dirigimos al centro de control, ¿verdad? ¿Por qué iba a querer alguien dificultar la llegada hasta este punto? ¿Por qué iba alguien a obligar a la gente a subir sin parar y luego volver a bajar todo el camino por un larguísimo tobogán?

—¿Porque los toboganes son divertidos? —sugirió Piper—. Si un tobogán grande es lo único que hace falta para salir de aquí, no me quejo.

—No, Gabriel tiene razón —terció Dash, reflexionando sobre el asunto. Aquella ruta le recordaba a la red de tubos del *Leopardo Nebuloso*. Podías ir derecho del punto "A" al punto "B" pero, ¿dónde estaba la gracia? El *Leopardo Nebuloso* había sido diseñado para poder trasladarse por el camino más largo, si así se deseaba. Tal circunstancia había sorprendido a Dash, que había preguntado a Chris sobre el asunto. La respuesta de Chris fue sencilla: "¿Por qué construir algo aburrido cuando puedes construir algo interesante?".

—¿Y si a ese tal lord Cain le gustan los juegos? —insinuó Dash. La plataforma al lado contrario del puente conducía a otro pasillo. Sus paredes de acero brillaban con tal intensidad que los tres compañeros veían su reflejo. Dash suspiró y condujo a su equipo al interior. Devolvió el sonido a su MTB—. Lord Garquin, ¿cuánto nos queda para llegar?

No hubo respuesta. Dash consultó su Mobile Tech Band. Todo se veía intacto.

—¿Garquin?

Una ráfaga de interferencias estáticas le llegó al oído. Entonces, las interferencias quedaron ahogadas por un torrente de risa. Pero no venía del radio. Era como si viniera de…

—¿Las paredes se están riendo de nosotros? —preguntó Piper.

En efecto, así era. Al igual que el suelo y el techo. Las carcajadas les llegaban de todas partes. Y Dash estaba convencido de que ellos eran el motivo de diversión.

—¿Alguien habló de juegos? —la voz los rodeaba. Dash notó que la nuca se le ponía de carne de gallina. La voz se parecía a la de Garquin, pero resultaba diferente en ciertos aspectos. Era demasiado fría, demasiado impaciente, casi alegremente cruel. La voz soltó una risita—. Me *encaaaaantan* los juegos.

—Lord Cain, supongo —dijo Dash, intentando no dejarse llevar por el pánico.

—Sé que me oyes, Garquin —dijo la voz de lord Cain—. No, no te molestes en tratar de contestar. Interferí tus comunicaciones. Creo que ya no necesitamos volver a saber de ti. Sólo quería darte las gracias por enviarme a unos amigos para jugar. Quizá te los devuelva algún día, si llego a aburrirme —se escuchó otra risita. Dash notó que un escalofrío le recorría la columna vertebral—. Pero divertirme se me da muy bien.

—¿Te acuerdas de lo que dijiste sobre encontrar nuestra propia salida? —le susurró Dash a Gabriel—. Puede que haya llegado el momento.

—Cuanto antes —coincidió Gabriel. Se dieron la vuelta en dirección al puente.

Una pared de acero cayó de golpe, a pocos centímetros del rostro de Dash, y les impidió el retroceso.

—NO TAN DEPRISA.

Ante estas palabras, otra pared cayó de golpe y les impidió el paso hacia delante.

Estaban atrapados en una caja de acero.

No había escapatoria.

—Lord Cain, sentimos entrar sin permiso —se disculpó Dash a toda prisa—. No pretendemos involucrarnos en su guerra, sólo estamos aquí a cargo de una misión para nuestro planeta, nosotros…

—Ah, lo sé todo sobre su misión —respondió lord Cain—. Sé mejor que ustedes por qué vinieron. Pero ahora están aquí por una sola razón. Para entretenerme.

—Entonces, ¿le parece divertido asustar a unos niños? —replicó Piper con tono desafiante.

—Me parece muy divertido —la risa malvada sonó otra vez.

—Bueno, pues a mí me parece patético —escupió Piper.

Gabriel le dio unos golpecitos en el hombro.

—¿Y si dejamos de insultar a ese tipo que puede aplastarnos como a insectos? —sugirió en voz baja.

—Yo, en tu lugar, escucharía a tu amigo —tronó lord Cain.

—Y yo, en su lugar, tendría cosas mejores que hacer que perder el tiempo con unos niños que sólo tratan de ayudar a su planeta —argumentó Piper, con la cara encendida de indignación. Dash la admiró, aunque, en el fondo, deseaba que dejara de hablar.

Pero Piper estaba demasiado indignada como para detenerse. Si un alienígena ávido de poder quería aplastarla, quizá no podría impedírselo. Pero, al menos, podría decirle lo que opinaba exactamente de él y de su estúpido planeta.

—Nos estamos jugando la vida por algo importante —añadió Piper—. Recorrimos todo el camino hasta este lugar, a millones de años luz de nuestra casa, y lo único que queremos es recoger de su río un poco de Magnus 7, que nadie notará. ¿Y qué pasa? Nos vemos envueltos en una batalla absurda entre usted y otro tipo probablemente idéntico a usted. Apuesto a que a estas alturas ninguno sabe por qué está luchando. Así que, por favor, ríase, porque para usted esto es sólo un juego estúpido. Pero ¿sabe una cosa? Me da lástima. Porque no sabe lo que es preocuparse de verdad por algo que importa. Preocuparse por algo más que ganar un juego. Y seguramente nunca lo sabrá.

La propia Piper estaba sorprendida por las palabras que salían de su boca. En el prolongado silencio que siguió, se preguntó si habría cometido un error terrible. ¿La culparían los otros dos por lo que lord Cain pudiera hacer a continuación?

Entonces, Dash le dedicó una leve sonrisa. Piper había dicho la verdad. Ocurriera lo que ocurriera después, estaba impresionado.

—Ah, piensas que los juegos no importan —dijo lord Cain por fin—. Ahora lo veremos. Practicaremos un pequeño juego y, si ganan, tendrán la oportunidad de llevar a cabo su misión. Si pierden…, bueno… —su risa hizo eco entre las paredes de acero—. NO MÁS OPORTUNIDADES.

El suelo bajo los pies del trío se iluminó de color. Hileras y más hileras de relucientes azulejos azules, rojos, verdes y amarillos. Se produjo un destello de luz, y las paredes también se tiñeron de color. Una era azul; otra, roja; las otras dos, verde y amarilla respectivamente.

—¿Qué clase de juego es éste? —preguntó Gabriel a gritos.

—Podemos averiguarlo —afirmó Dash al tiempo que su mente daba vueltas frenéticamente. Aquellos colores le recordaban a algo, pero... ¿a qué?—. Sólo tenemos que pensar.

—Pues más vale que piensen deprisa —sugirió lord Cain. Conforme hablaba, se encendieron en el techo brillantes números rojos.

10.00

Mientras Dash clavaba la vista, los números cambiaron.

9.59

9.58

Era un cronómetro. E indicaba una cuenta atrás.

Se escuchó un sonoro zumbido. Dash se quedó boquiabierto al mirar la pared que tenía enfrente, la que emitía una luz roja, y pensó que eran imaginaciones suyas. Confió en que fueran imaginaciones suyas.

—¿Estoy loco, o esa pared se mueve? —preguntó Gabriel.

La caja de acero en la que se encontraban empezó a encogerse. Si no se daban prisa en resolver el enigma, los aplastaría.

—Tictac, tictac —lord Cain se rio disimuladamente—. El tiempo se agota.

8

—**¿No has terminado?** —preguntó Anna, y lanzó una mirada furiosa a su segunda de a bordo.

Siena estaba inclinada sobre el panel de control del peón y hurgaba lentamente entre el enmarañado amasijo de cables.

—Todavía no —respondió con un murmullo, intentando concentrarse. Colin le había entregado unas complicadas instrucciones para reprogramar al peón, con el fin de que obedeciera las órdenes del equipo. Aquel pequeño robot era una de las piezas más complejas de maquinaria que Siena jamás había visto, y estaba decidida a hacerlo bien.

—Anda, ¡pues date prisa! —replicó Anna.

Se encontraban en las profundidades del dominio de lord Garquin. Colin les había asegurado que estarían a salvo.

—Garquin no les hará daño —les había prometido mientras los conducía a través del laberinto de pasillos hacia el peón que tenían que encontrar—. Le falta valor.

A Anna le molestaba tener que confiar en la palabra de Colin. Si se equivocaba, si los peones se volvían contra ellos, estaban acabados.

—No sabemos nada de los perdedores del equipo Alfa. Tal vez ya tienen el elemento —insistió, impaciente—. Igual están volviendo a su nave.

—Si eso pasara, Colin nos lo diría —intervino Niko.

—Colin sólo nos dice lo que nos quiere decir —replicó Anna, y nadie se lo pudo discutir.

—¿Piensan que Dash tenía razón? —preguntó Siena mientras soldaba dos cables. El peón soltó un pitido largo, inquietante. Con un poco de suerte, significaba que no iba descaminada.

—Imposible —respondió Anna. Luego añadió—: ¿Cuándo tenía razón?

Siena vaciló. Presentía que a Anna no le iba a agradar lo que estaba a punto de decir. Y había aprendido que era más fácil callarse las cosas que a Anna no le gustaban. Aun así, la cuestión le había estado persiguiendo el día entero. Siena sólo hablaba cuando tenía algo importante que decir. Pero una vez que un asunto importante le venía a la cabeza, tenía que soltarlo. Sin importar a quién molestara.

—Cuando dijo que podíamos trabajar juntos para conseguir los elementos —respondió Siena—. ¿No creen que quizá estaba en lo cierto? Los elementos son lo que de verdad importa, y trabajar juntos nos daría más posibilidades de llevar a cabo nuestra misión.

—¿Y quién lo dice? —la desafió Anna.

Siena, desconcertada, levantó la vista a su líder de equipo.

—¿A qué te refieres?

—¿Quién dice que trabajar juntos sea mejor? —insistió Anna—. ¿O acaso tienes evidencia científica al respecto? ¿Tienes estadísticas? ¿Datos concretos? Para mí que no.

Siena y Niko ahora la miraban como si estuviera un poco chiflada. Pero sólo consiguieron que Anna se sintiera más segura de lo que decía.

Niko carraspeó.

—Yo no digo que deberíamos unirnos a ellos ni nada parecido —aclaró—. Pero tienes que admitir que si cooperáramos…

—¡No! —exclamó Anna con brusquedad—. No tengo nada que admitir —llevaba toda su vida escuchando lo mismo, y ya estaba harta.

Dos cabezas son mejor que una.

Cooperación es mejor que competencia.

¡Trabajando juntos ganamos todos!

Eran eslóganes bonitos pero, en opinión de Anna, nada más que eslóganes. Frases reconfortantes inventadas para que aquellos demasiado débiles, incapaces de conseguir objetivos por sí mismos, se sintieran mejor. Porque quienes no creían en la competencia eran casi siempre los que tenían la seguridad de que no podían ganar.

Anna tenía la seguridad de que ella sí podía.

Mejor dicho, que lo haría.

Los profesores de la escuela siempre intentaban hacer creer que todos los alumnos eran iguales, que todos eran especiales. Que trabajar en grupo era mejor que trabajar de manera individual. Pero en casa, el padre de Anna le había enseñado que un grupo era tan fuerte como su miembro más débil. Por eso siempre era más seguro formar un grupo de uno.

También le había enseñado a preocuparse por ser la mejor, por ganar. Y ganar significaba depender de ella misma.

—La competencia saca lo mejor de la gente —declaró Anna—. Competir contra los Alfa nos hará mucho más rápidos y mucho mejores de lo que jamás nos haría unirnos a ellos. Sobre todo porque, si nos uniéramos a ellos, acabaríamos fracasando. Acuérdense de cómo eran cuando estábamos en la Base Diez.

—Siempre intercambiaban secretos. Y le hacían la barba al comandante Phillips —recordó Niko, que puso mala cara al pensarlo. Seguía indignado porque no lo hubieran elegido para la misión en un primer momento.

—Es verdad que les importaba mucho caer bien a todo el mundo —admitió Siena, a quien hablar con la gente, en particular con desconocidos, le resultaba difícil. A personas como Dash y Piper no les costaba ningún esfuerzo hacer amigos. Siempre parecían saber exactamente qué decir. Siena, de alguna manera, siempre acababa diciendo lo que no debía. Pero, ¿y qué? Ella era más inteligente que cualquiera de los niños del *Leopardo Nebuloso*. No se trataba de alardear; era la pura verdad. Sólo porque fueran más divertidos, más encantadores, más simpáticos, ¿merecían estar en la misión en mayor medida que la propia Siena?

—Exacto —respondió Anna—. Así, las cosas no salen. Así se pierde el tiempo. Que los Alfa vayan a lo suyo y nosotros, a lo nuestro.

—¡Conseguido! —exclamó Siena con orgullo. Bajó la vista y escudriñó el peón, tratando de decidir dónde estaría la cara del artilugio, si es que tenía cara—. ¿Preparado para hacer lo que te digamos?

El peón soltó dos pitidos.

—A mí me suena a un "sí" —Niko le dio unas palmaditas en la cabeza—. Para ser un cacharro de hojalata, este chico es bastante guapo, ¿no les parece?

Anna se estremeció. Nadie lo sabía, pero odiaba las máquinas, sobre todo las que entendían lo que ella decía… o las que replicaban. Aquel planeta era una pesadilla de maquinaria, y Anna no veía el momento de regresar a la nave.

—Vamos, llevamos este cachivache al río y nos largamos de aquí.

Una tropa de peones de Garquin pasó dando pisotones junto a los tres compañeros como si no estuvieran ahí. A Anna le disgustaba su aspecto físico, así como el de los cañones láser que les sobresalían del pecho.

Niko soltó un gruñido.

—No sé por qué tienes tanta prisa en volver. ¿Extrañas que él te dé órdenes todo el tiempo?

Niko tenía razón. Anna se había pasado la vida permitiendo que su padre le dijera lo que tenía que hacer. Ahora ella se encontraba a millones de años luz de casa y, gracias a Colin, seguía obedeciendo órdenes. Pero, como líder, sentía el deber de imponer a su equipo algo de respeto y disciplina. (Además, si ella les permitiera hablar de Colin a espaldas de éste, quién sabía lo que dirían a espaldas de Anna.)

—Colin sólo quiere lo mejor para la misión —respondió con brusquedad—. Y si ustedes quieren lo mismo, ya se están moviendo.

—Nos mangonean allá arriba, nos mangonean aquí abajo —murmuró Niko. Siena reprimió una carcajada.

Anna les lanzó una mirada severa.

—¿Qué pasa?

—Nada —respondieron al unísono. El peón soltó un pitido.

Los tres Omega tomaron el camino de vuelta hacia el límite del complejo, abriéndose paso entre pasarelas y arrastrándose por vigas estrechas. La marcha resultaba lenta pero, si hubiera querido, lord Garquin la podía haber hecho mucho más lenta todavía. Anna no comprendía por qué no se esforzaba más por detenerlos. Sabía que lord Cain estaba utilizando todos sus medios para retrasar al equipo Alfa. No tenía sentido que lord Garquin se abstuviera de hacer lo mismo. Y Anna odiaba las cosas que no tenían sentido.

—Informen sobre su situación —les ordenó Colin por los auriculares.

El joven les lanzaba una mirada de odio desde las pequeñas pantallas que llevaban adheridas al dorso de la mano como si fueran garras.

—Encontramos al peón que nos dijiste y estamos volviendo al río —informó Anna, convencida de que él ya lo sabía. Colin podía monitorizar paso a paso el progreso del trío por medio de los MBT—. Deberíamos tener el elemento en nuestras manos en un máximo de una hora.

—Está a cuatro mil grados centígrados —respondió Colin—. Sugiero que se lo quiten de las manos.

—Era una figura retórica —replicó Anna—. Sabes lo que son, ¿verdad?

Se produjo un silencio reprobador. Anna tragó saliva con fuerza. Oficialmente, ella estaba al mando de la misión; pero si Colin quisiera degradarla en algún momento, tenía capacidad para hacerlo. Era el único que lo sabía todo sobre la nave y sobre los elementos que necesitaban, de modo que podía hacer lo que le viniera en gana.

—Perdón —se disculpó Anna, que detestaba el sabor de la palabra.

—¡Eh! ¿Qué pasa con el equipo Alfa? —preguntó Niko, tratando de cambiar de tema. Resultaba extraño ver a la mismísima Anna intentando adular a alguien. Le salía fatal, y se notaba que era una tortura para ella. ¿Y si fuera humana, después de todo?

Anna le lanzó una sonrisa agradecida; acto seguido, se la borró de la cara con toda rapidez. La gratitud sólo era otra forma de mostrar debilidad. Su padre también se lo había enseñado.

—No hace falta preocuparse por el otro equipo de búsqueda —respondió Colin—. Están ocupados en otras cosas.

Siena volvió la vista a Niko y frunció el ceño. ¿Ocupados en otras cosas? ¿Qué se suponía que significaba eso?

—¿En serio es posible que no sepan lo que pasa de verdad aquí abajo? —le preguntó Siena a Colin.

—No todo el mundo es tan generoso como yo con la información —repuso él—. Deberías darme las gracias por ser tan abierto, tan sincero. Porque, al contrario que otros, yo confío en ustedes.

—Sí, claro; confía en que no lo molestemos —masculló Niko.

—¿Qué dijiste? —espetó Colin con brusquedad.

—Nada —respondió Niko al instante, prometiéndose dejar de hacer comentarios que lo pudieran meter en un lío.

—Mmm, Colin… —dijo Siena, vacilante—. El equipo Alfa… no está en peligro ahí abajo, ¿verdad? Retrasarlos, perfecto. Pero no les van a hacer daño, ¿verdad?

—¿Te importaría si fuera así? —preguntó Colin. Parecía sinceramente curioso—. Son nuestros adversarios. Todo lo que les vaya mal nos favorece.

Siena se escandalizó. Sabía que Colin, cuando menos, no era como otras personas. Pero Dash, Piper y Gabriel sólo trataban de hacer lo que era debido.

—No quiero que les pase nada malo —declaró con firmeza—. Ninguno de nosotros lo quiere, ¿verdad que no? —clavó la mirada en sus compañeros de equipo.

—Evidentemente —respondió Niko. Ni se le había ocurrido preocuparse por los Alfa. Hasta ese momento.

Ambos se giraron hacia Anna y esperaron.

Anna volvió a poner los ojos en blanco. Pero decidió que ser líder de un equipo implicaba, a veces, permanecer junto a su equipo.

—Estoy de acuerdo, Colin. No queremos que le pase nada malo al equipo Alfa —como si le fuera a pasar algo malo a ese equipo de idiotas. Eran los niños más afortunados de la Tierra. Al menos, más afortunados que Anna. ¿Por qué si no habían conseguido dejarla fuera de la misión oficial? No porque fueran mejores, desde luego.

—Mmm… —dio la impresión de que Colin lo estaba considerando. Entonces, añadió—: Entendido.

La señal se cortó.

Siena frunció el ceño.

—¿Se creen lo que dice?

—¿En qué sentido? ¿En no hacer daño a las nenas del *Leopardo*? —dijo Niko—. Sí, claro. Bueno… más o menos.

—No sólo eso —continuó Siena—. En todo. Sabe muchas cosas que nosotros desconocemos sobre la nave, sobre la misión. Nuestras vidas están en sus manos totalmente. ¿Podemos confiar en él?

Muchas noches, a bordo de la *Cuchilla Luminosa,* despierta en la cama, Anna se formulaba la misma pregunta. Y noche tras noche llegaba a la misma respuesta.

—Como tú dices, nuestras vidas están en sus manos —señaló—. Así que no tenemos mucha elección.

—**¡Amigo, las paredes** se están cerrando! —gritó Gabriel.

—¡Ya lo sé! —vociferó Dash en respuesta—. ¿Por qué gritas?

—¡Para ver si me siento mejor! —volvió a gritar Gabriel, esta vez con más fuerza.

—¿Funcionó?

Gabriel soltó un suspiro.

—No. Me sigo sintiendo como un envase de jugo a punto de que lo expriman.

—Tiene que haber una salida —afirmó Piper—. Sólo tenemos que pensar.

Pensaron.

Las paredes y el suelo resplandecían con colores.

El cronómetro seguía con su cuenta atrás.

Pensaron con más empeño.

—Quince azulejos en horizontal —murmuró Gabriel. Tenía los labios fruncidos y la punta de la lengua le asomaba levemente. Era la cara que siempre ponía al pensar—. Dieciocho azulejos en vertical.

—Dirás más bien diecisiete —le corrigió Dash al tiempo que se escuchó un zumbido y las paredes engulleron otros treinta centímetros de espacio. Algo en aquellos colores le resultaba familiar. Y el zumbido también. Le rondaba por la cabeza, pero no acababa de averiguarlo.

—Y es aleatorio del todo —añadió Gabriel mientras examinaba los azulejos en busca de algún patrón en el mareante conjunto de colores. No encontró ninguno.

Había alguna clase de configuración, Gabriel lo percibía. El problema estaba en que no conseguía verla. Y si no la veía pronto, se convertiría en un hot cake. Se desplomó sobre la pared amarilla.

—¡Diablos! —gritó Dash cuando la luz amarilla emitió un intenso destello—. ¿Qué fue eso?

Piper se acercó flotando hasta la pared verde y alargó un dedo vacilante. En cuanto estableció contacto, el color verde brilló con intensidad.

—Tiene que formar parte, sí —declaró Gabriel emocionado—. Parte del juego.

De pronto, Dash lanzó un puño al aire.

—¡Fred! —gritó desaforado.

Gabriel y Piper lo miraron como si hubiera perdido la cabeza. Gabriel se señaló a sí mismo y luego a Dash.

—Yo, Gabriel. Tú, Dash. No hay ningún Fred.

—No —respondió Dash mientras la adrenalina le recorría el cuerpo. Todo aquel montaje le había recordado a algo—. Fred es un juego antiguo que mi hermana compró en una venta de garage.

—Y eso, ¿de qué nos sirve? —preguntó Gabriel con recelo.

—Tiene cuadrantes que se iluminan —explicó Dash—. Cada uno de un color: rojo, verde, azul y amarillo. ¿Les suena?

—Pero ¿qué se hace con ellos? —preguntó Piper con una nota de urgencia.

Dash hizo un esfuerzo por acordarse. Abby había jugado con el Fabuloso Fred de manera obsesiva durante una semana más o menos. Entonces, Dash se hartó hasta tal punto de los pitidos que se lo quitó y lo escondió debajo de su cama. Pasados unos días, los dos se habían olvidado de su existencia.

—Es como el juego de "Simón dice" pero con colores, me parece —respondió con lentitud—. Los colores se iluminan en orden aleatorio; tienes que recordarlo y pulsar los cuadrantes de colores en el mismo orden. Si no sigues el patrón...

Se produjo otro sonoro zumbido y las paredes se cerraron un poco más.

—... ¡suelta un zumbido! —exclamó Dash, triunfante.

Ahora el espacio contenía tan sólo quince filas por dieciséis. Y el cronómetro marcaba seis minutos de cuenta atrás.

—De modo que si pulsamos las paredes adecuadas en el orden de los azulejos... —musitó Gabriel. Tenía sentido—. Pero hay doscientos cuarenta azulejos. Tardaremos una eternidad.

—¿Y si sólo es una fila? —sugirió Piper—. Cada vez que se mueven las paredes, desaparece una fila. Igual significa que tenemos la oportunidad de probar con la fila siguiente. Hasta que...

—¡Hasta que ya no nos quede ninguna oportunidad! —exclamó Dash, alarmado, cuando las paredes zumbaron y se volvieron a mover—. Y si no nos damos prisa, debe de contar como un turno fallado. Así que vamos, ¡a trabajar! —se lanzó hacia la pared amarilla y pulsó el primer color del patrón; luego cruzó a la pared verde; después, volvió a la amarilla; dos veces a la roja; a continuación…

Las paredes emitieron un zumbido y la fila desapareció.

—Esto es una locura —protestó Dash—. El espacio es demasiado grande para poder llegar a tiempo.

—Dentro de poco no lo será —señaló Gabriel con tono pesimista.

—Pues lo hacemos entre todos —decidió Piper—. Yo me quedo con la pared amarilla. Dash se puede quedar con la verde.

—Yo me puedo poner en el rincón y alcanzar la roja y la azul desde ahí —añadió Gabriel, que se iba emocionando por momentos. En efecto, podía funcionar.

—De acuerdo, ¡ya! —indicó Dash.

El caos fue total. Dash tocó la pared verde y Piper, la amarilla; pero entonces Gabriel golpeó la azul antes de que Piper tocara la amarilla por segunda vez y al momento…

BZZZZZZ.

—No va a funcionar a menos que alguien se ponga al mando —admitió Gabriel—. Dash, te encargas tú.

—¿Qué? —preguntó Dash, sorprendido. ¿De veras Gabriel acababa de decir eso? Por lo general, era la última persona que quería a Dash al mando.

BZZZZZZ.

Daba la impresión de que ahora las paredes se movían más deprisa. Era como si lord Cain supiera que habían averiguado las reglas y quisiera asegurarse de que no ganaran.

De hecho, pensó Dash, era *exactamente* como si Cain quisiera asegurarse de que no ganaran.

—Ve diciendo los colores —propuso Gabriel—. Nosotros golpearemos las paredes siguiendo el orden. Vamos, ¡deprisa!

Dash se concentró en la fila siguiente.

—Azul, azul, amarillo, rojo, azul, rojo, amarillo, amarillo, verde, rojo…

bzzzzzz.

—¿Qué pasó? —preguntó, molesto—. ¿Quién no pulsó la…? ¡Ay! —había estado tan absorto diciendo los colores y observando las paredes que se le había olvidado que él mismo tenía que encargarse de un color.

—Olvídalo —dijo Gabriel—. Lo hago yo.

—Un momento —dijo Piper—. No es culpa suya. Es demasiado difícil ir diciendo los colores y tener que acordarte de tu propio color. Dash, ponte en medio. Gabriel y yo nos colocamos cada uno en un rincón. Podemos golpear dos paredes desde el mismo lugar.

bzzzzzz.

—Está bien; pero si queremos conseguirlo, hay que hacerlo rápido —les urgió Gabriel. Sólo quedaban dos minutos en el cronómetro.

Hubo varias salidas nulas más. En una ocasión, a Gabriel se le olvidó que tenía el rojo a la derecha y el azul, a la izquierda. Otra vez, Dash dijo "amarillo" cuando quería decir "verde". Todos los colores le empezaban a resultar parecidos.

Se esforzaron por no enojarse unos con otros.

Y se esforzaron por no fijarse en que las paredes se cerraban. Sólo quedaban seis filas. Treinta segundos.

BZZZZZZ.

BZZZZZZ.

BZZZZZZ.

—¡Rojo, amarillo, amarillo! —gritaba Dash frenéticamente, procurando que no se le trabara la lengua—. Rojo, verde, azul, amarillo, rojo, rojo, rojo, amarillo, verde, rojo, verde, amarillo, sííííííííí.

Todas las luces brillaban a la vez, con tanta intensidad que resultaban cegadoras. Entonces, el espacio se sumió en la oscuridad. Dash no podía ver nada; y tampoco podía respirar.

¿Y si no lo hubieran conseguido a tiempo?

¿Y si eso era todo?

—Lo siento, de veras —murmuró Dash. No sabía si se lo estaba diciendo a su tripulación, por meterse en ese lío; a su madre y a su hermana, en la Tierra; o al planeta entero, por haber fallado a todos sus habitantes.

Sólo sabía que lo lamentaba.

—Es Cain quien lo debería sentir —soltó Gabriel con un grito—. Va a lamentar haberse confundido al elegir un equipo al que fastidiar. ¡Miren!

Señaló una pared que, lenta pero constante, se elevaba hacia el techo.

Estaban libres.

—¡Sí! —exclamó Dash con un alarido, y lanzó el puño al aire.

—¿Cómo te quedó el ojo, Cain? —vociferó Gabriel.

Por lo que parecía, sólo Piper recordaba que continuaban atrapados en mitad del reino mecánico de un señor supremo extraterrestre. Habían solucionado un enigma y se habían librado de quedar aplastados, pero eso no significaba que estuvieran completamente libres.

—Mmm, chicos. Quizá, en vez de celebrarlo, deberíamos, ya saben… largarnos de aquí. Cuanto antes.

—Gran idea, Piper —respondió Dash—. Sólo que…

Sólo que, sin lord Garquin para guiarlos, ignoraban por completo dónde estaba "aquí".

Dash perdió el ánimo.

—Estamos con el agua al cuello —se lamentó. Con toda probabilidad, era cuestión de tiempo que Cain decidiera lanzarles otro "juego"—. Chicos, lo siento mucho. No debería habernos metido en esto.

—Los tres estuvimos de acuerdo —respondió Piper con firmeza.

—Sí, pero yo soy el comandante —replicó Dash—. Si nos quedamos aquí atrapados para siempre, la culpa será mía.

—Shhh —siseó Gabriel.

—No, en serio, es mi responsabilidad…

—No, quiero decir, shhhh —replicó Gabriel—. Intento escuchar.

Se produjo un largo silencio. Entonces:

—Escuchar ¿qué? —preguntó Piper entre susurros.

Una sonrisa de satisfacción se extendió por el rostro de Gabriel.

—Electricidad —respondió—. La oigo.

—¿A qué te refieres? —quiso saber Dash.

—A la electricidad que hace funcionar todo esto. Emite una especie de ronroneo —explicó Gabriel.

—Yo no oigo nada —comentó Dash.

—Yo tampoco —coincidió Piper.

—Háganme caso —insistió Gabriel. Oía cómo las instalaciones canturreaban algo parecido a una nana. Y era consciente de que si seguía ese sonido mientras iba subiendo de tono, llegaría a su núcleo electrónico. Al lugar que generaba toda la energía. Probablemente, el lugar donde iban a encontrar el centro de control de Cain, y también a TULIP, la robot espía que los sacaría de allí.

Dash y Piper se mostraron escépticos.

—Miren las paredes —indicó Gabriel mientras señalaba las extensiones de cable que serpenteaban entre los diales y engranajes—. ¿Ven cómo son más gruesas en una dirección, y cómo se bifurcan en la otra?

—Eh, más o menos —respondió Dash con un tono que daba a entender que no lo veía.

—Confíen en mí —insistió Gabriel—. Este sitio no es más que una máquina gigante. Y yo entiendo de máquinas.

—¿Y que pasa con…? —intervino Piper, señalando el techo—. Ya sabes, él.

Mientras hablaba, una fila de peones pasó por allí desfilando. A Dash se le ocurrió una idea. Se arrancó su Mobile Tech Band; luego hizo señas a Piper para que se quitara el suyo.

—Así es como Garquin siguió nuestra señal antes, ¿verdad? —susurró—. Pues ahora… —Dash confió en que fueran capaces de conseguirlo. No quería decir más, por si acaso Cain estuviera escuchando la conversación.

Piper esbozó una amplia sonrisa y le entregó su MTB. Gabriel mantuvo el suyo, pero lo desconectó. De esa manera, si alguna vez conseguían salir de allí, tendrían una forma de comunicarse con la nave.

—Allá va —musitó Dash y, con cautela, se colocó detrás de uno de los peones. Los MTB tenían una tira imantada y se adhirieron perfectamente a la parte posterior de la cabeza del peón.

"Que te diviertas rastreándonos, Cain", pensó.

Entonces, con el máximo silencio posible, él y Piper siguieron a Gabriel. Gabriel siguió el ronroneo de la electricidad.

Se adentraron en la madriguera de Cain, zigzagueando a derecha e izquierda, recorriendo los túneles y pasillos hacia el corazón de la bestia.

Por fin llegaron a una puerta de gran tamaño. Hasta el propio Dash se fijó en los cientos de cables que serpenteaban bajo ella. Gabriel dio unos golpecitos en la puerta y, mirando a sus compañeros, colocó los pulgares hacia arriba.

Habían acertado.

Dash abrió la puerta con cautela y dejó a la vista una enorme cámara abovedada. Tenía casi el tamaño de un estadio y las paredes estaban cubiertas de pantallas e interruptores. Largas vigas de acero soportaban una monumental columna situada en el centro. La columna se elevaba del suelo al techo, y hasta el último centímetro de superficie estaba cubierto de monitores. Cada monitor mostraba una parte diferente del complejo de Cain. En la base de la columna se encontraba un reluciente trono incrustado de oro.

El trono no estaba vacío.

La criatura rondaba los tres metros de altura y parecía estar hecha de sombras cuyos bordes se veían borrosos y oscilaban. Carecía de rostro; se tragaba la luz. Era aterrador.

Era lord Cain.

Y estaba flanqueado por unos cien peones. Todos los cuales se giraron hacia los miembros del equipo Alfa cuando estos entraron en la estancia. Todos los cuales obedecieron a su señor cuando ladró una única palabra:

—Ataquen.

10

La puerta se cerró con un golpe a espaldas del equipo Alfa.

Los peones avanzaron.

Resultó que aquellos conductos que sobresalían del pecho de los peones eran escopetas láser.

Y en esta ocasión, abrieron fuego.

Gabriel, Dash y Piper se agacharon detrás de una amplia batería de servidores. Oían cómo los peones se acercaban a ellos a paso de marcha. Eran lentos, y torpes; pero había muchos de ellos.

Y no existía escapatoria.

—Ahora ¿qué? —preguntó Gabriel.

Dash no tenía respuestas. Le había fallado a su equipo. Ignoraba cómo iban a salir de allí. Ignoraba cómo ellos tres podrían derrotar a cien peones y a lord Cain. Ignoraba si los peones los iban a achicharrar o si tan sólo los atraparían para que lord Cain pudiera hacer algo peor.

Prefería no averiguarlo.

Los peones doblaron la esquina del escondite en el que se encontraban. Disparos láser estallaron y soltaron chispas alrededor de los tres compañeros.

Al menos, una cosa estaba clara.

—¡A correr! —vociferó Dash.

Piper se alejó de los peones por el aire; su silla flotante era mucho más rápida que los abultados pies metálicos de los robots. Dash y Gabriel salieron huyendo en sentido contrario mientras los rayos láser crepitaban en su dirección. Dividirse resultaba más seguro. Dash y Gabriel también eran más rápidos que los peones, pero estos eran máquinas. Nunca se iban a cansar.

Nunca se iban a dar por vencidos.

—¡Dash, detrás de ti! —gritó Gabriel, y Dash se apartó de un salto. El disparo falló por pocos centímetros, tal vez por menos. Se giró con brusquedad y vio una fila de peones que avanzaba. Lo tenían prácticamente rodeado.

—Aquí, tontos de hojalata —desafió Gabriel elevando la voz mientras se agachaba detrás de una enorme consola plateada. Los peones se giraron hacia él; un segundo de distracción que permitió a Dash escabullirse. Pero ahora tenían a Gabriel delante de ellos y disparaban al tiempo que marchaban hacia su escondite—. Genial, llamé su atención —masculló Gabriel—. Ahora ¿qué?

—¡Eh, peones! —gritó Dash—. ¡Tomen esto! —agarró un viejo tornillo oxidado de una pila en un rincón y lo lanzó con tanta fuerza como pudo al peón que Gabriel tenía más cerca. El lanzamiento fue bajo y rápido, perfeccionado en un centenar de partidos de beisbol jugados en la Tierra. El tornillo golpeó al peón de lleno y lo derribó de costado. El disparo del peón desvió su trayectoria y alcanzó a otro peón. La máquina herida crepitó y soltó chispas mientras su propio rayo láser disparaba sin control.

Dash arrojó otro tornillo, luego otro y derribó a más peones. Uno de ellos empezó a dar vueltas a toda velocidad, rociando la estancia con su láser. Se produjo un caos en cadena. Un peón detrás de otro recibía un disparo, soltaba chispas y chillaba. Los disparos láser salían lanzados hacia el techo y perforaban agujeros en las piezas de maquinaria que cubrían las paredes. Dash salió corriendo hacia la consola junto a la que Gabriel estaba agachado.

—Buena jugada —susurró Gabriel, y chocó las manos con Dash. El ejército de peones se estaba destrozando a sí mismo—. ¿Dónde aprendiste eso?

—Tienes delante al mejor jugador de la última temporada —alardeó Dash—. Me estoy perdiendo el Juego de las Estrellas por culpa de esto.

—Al menos, esto es mucho más divertido —respondió Gabriel justo cuando un monitor estallaba encima de sus respectivas cabezas.

—Sí. Mucho más.

—¡Concéntrense! —tronó lord Cain a sus peones—. Disparen al enemigo, ¡no a ustedes mismos! —pero resultó inútil.

—Un momento, ¿dónde está Piper? —preguntó Dash, alarmado al caer en la cuenta de que no la veía por ningún lado.

Gabriel estiró el cuello y escudriñó el centro de control en busca de su compañera. Detectó un leve movimiento de reojo. Contuvo el aliento y le dio un codazo a Dash.

—Ahí arriba —susurró.

Piper había huido sin dificultad del alcance de los peones, pero no tenía dónde esconderse, ni adónde ir.

Le resultaba imposible meterse debajo de un aparato y ocultarse hasta que los robots dejaran de elevar la vista. Por culpa de la abultada silla, no se podía esconder en ningún sitio.

Al menos, en ningún sitio a ras del suelo.

Y era ahí donde los peones tenían que permanecer: en el suelo. Por otra parte, Piper contaba con más opciones.

Mientras Dash practicaba el beisbol con los pequeños robots, Piper se fue deslizando en paralelo a las estrechas vigas de acero que soportaban la columna central. Tal como había hecho antes. Y cuando las había subido hasta lo más alto, a salvo de los disparos de rayos láser, y de los peones, y de lo que fuera que lord Cain pudiera lanzarle, tuvo tiempo de mirar a su alrededor.

Descubrió algo interesante.

Algo situado cerca del extremo superior de la columna central, y que parecía un interruptor rojo de gran tamaño.

Se encontraban en el centro de control, y lord Garquin les había explicado que ahí había algo que podía acabar con el mando de lord Cain.

"Si yo fuera el interruptor principal de electricidad, ¿dónde estaría?".

Decidió que estaría bien arriba, fuera del alcance de todos, en un lugar seguro.

Pensó que sería grande y rojo, como advirtiendo que era importante, que nadie se acercara.

Bajó la vista hacia Gabriel y Dash, atrapados en una silbante tormenta de rayos láser, y pensó: "¿Qué es lo peor que puede pasar?". Se asomó desde su silla flotante lo máximo posible sin llegar a caerse. Alargó los dedos todo lo que daban de sí. Con la yema del dedo corazón alcanzó el interruptor rojo.

Lo apagó.

—¡Nooooooo! —chilló lord Cain. Acto seguido, desapareció sin dejar rastro.

Los peones se detuvieron en seco.

Era como si alguien les hubiera arrancado las pilas de un tirón. Se quedaron inmóviles, esperando nuevas órdenes. Dash y Gabriel no daban crédito. En un momento dado, una criatura de sombras con tres metros de altura se carcajeaba de ellos; un segundo después, el trono estaba vacío. Los peones eran inofensivos. Estaban a salvo.

—Tuvo que ser un holograma —afirmó Piper mientras regresaba al suelo planeando. Habían visto muchos hologramas en la Base Diez. Resultaban aterradores, aunque supieras que no podían hacerte daño. Tal vez aquel tampoco podía, pero Piper se alegraba de no tener que averiguarlo—. El auténtico lord Cain está probablemente a kilómetros de distancia. Y ahora no nos puede hacer nada.

—¡Gracias a ti! —exclamó Dash, y entrechocó los nudillos con su amiga en señal de celebración—. Nos salvaste la vida.

—Fue increíble, Piper —coincidió Gabriel mientras volvía a encender su MTB—. Eres lo máximo.

Piper notó que las mejillas se le encendían.

—No fue nada —respondió—. Cualquiera podía haber hecho lo mismo —pero los tres sabían que no era verdad. Sólo Piper lo podía haber hecho. Y eso la hacía sentir tan bien que ni siquiera le importaba la posibilidad de tener la cara como un tomate.

—Lo fue todo —sonó una voz familiar en los oídos del equipo Alfa.

—¿Lord Garquin? —reaccionó Dash, sorprendido. Prácticamente había dejado de contar con él.

—Piper inutilizó el control de lord Cain sobre el interior de su reino —explicó Garquin—. Ya no puede interferir mi señal. Podemos continuar donde nos quedamos.

—¿Y eso es todo? —se extrañó Dash—. ¿No quiere saber si nos encontramos bien?

—Eso, ¿y qué tal si nos da las gracias por jugarnos el pellejo por usted? —protestó Gabriel—. ¡Cain por poco nos convierte en tortitas!

—Lo siento —se disculpó lord Garquin con un tono sorprendentemente sincero—. Hoy me hicieron un gran servicio, y les doy las gracias por eso. Pero supuse que estarían deseando continuar, ya que es ahora cuando pueden emprender su misión. Estoy deseando corresponderles.

—Ah. En ese caso, está bien —masculló Dash. Con tantos golpes y carreras, por no hablar del ejército de peones, casi había olvidado para qué estaban allí—. Bueno, ¿qué hacemos? ¿Cómo encontramos a esa robot que, según usted, nos puede ayudar?

—Debería estar en algún lugar del centro de control, donde ahora están ustedes. En el torso lleva marcado "TULIP", fíjense en eso.

—Encontrarla no debería ser difícil —ironizó Gabriel—. Sólo hay cerca de un millón de peones, y todos idénticos.

Piper se dirigió a los robots.

—¿Alguno de ustedes se llama TULIP? Que dé un paso al frente, por favor.

Gabriel la miró como si hubiera perdido la cabeza.

—Eh, Piper… en realidad, no te entienden.

—¿Cómo lo sabes? —replicó ella.

Gabriel se giró hacia Dash en busca de apoyo. Dash se encogió de hombros.

—Vale la pena intentarlo —respondió.

—¿Qué dicen? —alentó Piper a los robots—. Tranquila, TULIP. Somos amigos.

Esperaron. Ni uno solo de los peones se movió.

—No son más que máquinas —argumentó Gabriel—. Sólo hacen lo que se les dice. Es lo maravilloso de las máquinas. Vamos, encontremos a nuestra chica.

Se fueron abriendo camino en la sala del trono, examinando a los peones uno por uno. Muchos de ellos llevaban símbolos grabados en el torso. Algunos de los símbolos parecían vestigios de alguna complicada lengua ancestral mientras que otros consistían en el contorno de figuras corrientes: un pez, una estrella, dos calabazas. Pero no se veía un tulipán por ningún lado.

—Todos estos trastos son iguales —protestó Gabriel—. Eh, Garquin, ¿qué tiene de especial esa tal TULIP? ¿No nos sirve cualquiera?

—Los peones están controlados por una señal que envía la unidad central de proceso. Forman parte de una mente interconectada, ninguno de ellos es capaz de actuar por su cuenta. No es posible reprogramarlos, porque no cumplen los requisitos para eso —explicó Garquin—. Pero construí a TULIP para que fuera especial. Está diseñada para actuar por sí misma, incluso para tomar sus propias decisiones acerca de cómo llevar a cabo el conjunto de su misión. De modo que, con mis instrucciones, deberían poder reprogramarla para conseguir su objetivo. A otros no. Sólo a ella.

Por lo tanto, continuaron la búsqueda.

—Estamos tardando mucho. ¿Creen que el equipo Omega ya tenga el elemento? —preguntó Piper con inquietud.

—No es una carrera —respondió Dash. Aunque, en realidad, opinaba lo contrario. Si Anna Turner estaba involucrada, sin lugar a dudas se trataba de una carrera. Y Dash tenía la intención de ganar. Empezó a moverse entre los peones más deprisa, echando ojeadas a los símbolos que llevaban grabados en sus carcasas metálicas. Entonces, por fin, en el centro de un reducido grupo situado bajo el extremo más alejado de la bóveda…

—¡La encontré! —exclamó con un grito. Se acercó a la robot espía de lord Garquin y le dio unas palmaditas en la cabeza. Llevaba en mitad del cuerpo la clara ilustración de un tulipán. Acto seguido, Dash cayó en la cuenta de que los peones que la acompañaban habían continuado trabajando aun cuando la electricidad se había cortado. Tragó saliva con fuerza.

—Eh, chicos —dijo con la boca seca. No daba crédito a lo que estaba viendo—. Encontré algo más.

Piper y Gabriel atravesaron la sala del trono a gran velocidad para reunirse con Dash.

—¡Guau! —exclamó Piper falta de aliento.

Gabriel parpadeó rápidamente.

—¿Estoy viendo lo que estoy viendo?

Los peones estaban construyendo algo: una escultura extraña, irregular, elaborada con restos de metal. Tapada a medias por andamios, era la escultura de una cara gigante cuyas facciones se elevaban a unos seis metros de altura.

Gabriel no entendía nada.

—Son cosas mías, ¿o se parece bastante a...?

Piper se dijo a sí misma que tenía que tratarse de una extraña coincidencia, pero no hacía falta ser un as de la estadística para darse cuenta de que las posibilidades eran una entre millones.

—Son idénticos —confirmó.

—Es él, seguro —proclamó Dash desplazando la vista entre la escultura, los peones y el trono vacío. Experimentó un sentimiento parecido al que tenía algunas veces cuando luchaba por resolver un problema de matemáticas especialmente complicado. Allí faltaba una variable, una clave que haría que todo encajara. Pero no conseguía averiguar de cuál se trataba—. Es Chris.

Carly se estaba volviendo loca de remate. Había intentado todo cuanto se le ocurría para aumentar la fuerza de la señal de comunicación. Nada había funcionado.

Sin forma alguna de ponerse en contacto con su equipo, había registrado a fondo los archivos de la biblioteca en busca de algo que respondiera sus preguntas acerca de la *Cuchilla Luminosa*. ¿Quién había construido la nave? ¿Con qué propósito? ¿Cómo había conseguido Anna perseguirlos por medio universo? Pero no encontró respuestas. Aunque las hubiera, Carly no estaba segura de poder concentrarse lo bastante como para descubrirlas. Incluso había intentado tomarse un descanso y tocar la guitarra, lo que solía tranquilizarla. Pero tuvo que parar cuando la música empezó a recordarle demasiado a su casa.

Ahora no podía pensar en eso. Tenía que concentrarse en su tripulación, que estaba en el planeta. Una parte de Carly sentía envidia. Al fin y al cabo, estaban allá abajo explorando, contemplando panoramas increíbles, llevando a cabo una misión importante. Mientras tanto, ella permanecía en la nave, de brazos cruzados y esperando a que algo ocurriera.

Pero no podía culpar a nadie, salvo a sí misma.

Soltó un suspiro, se obligó a regresar a los esquemas de la nave una última vez… y ahogó un grito. Allí, oculta bajo los mismos diagramas que había examinado miles de veces, se hallaba la respuesta que estaba buscando. Una forma de desviar energía desde el sistema de navegación para doblar la potencia de la señal.

Carly se levantó de la silla de un salto y se lanzó de cabeza al laberinto de tubos. No veía el momento de contemplar la cara de Chris cuando se enterara de que ella había encontrado la respuesta.

—¡Yupiiiiiiiiiii! —gritó mientras se desplazaba a gran velocidad hasta el puente de mando. Cuando estaba con los demás, Carly hacía un esfuerzo por mostrar toda la madurez posible. Al fin y al cabo, ella era un miembro de la tripulación de la nave más avanzada del mundo y cumplía una misión de vida o muerte en las estrellas. Se trataba de un trabajo propio de adultos y, como Carly era la de menor edad a bordo, siempre intentaba parecer especialmente adulta. Pero cuando estaba sola, viajando a toda velocidad por una especie de montaña rusa y tomando curvas cerradas con una rapidez tan vertiginosa que el estómago se le subía a la garganta, bajaba la guardia.

Al salir de un salto al puente de navegación, se sintió mejor que en todo el día. Al ver que el puente estaba vacío, se le bajó la moral. Chris le había prometido quedarse allí y controlar las comunicaciones con el planeta, por si el equipo Alfa consiguiera volver a conectarse. ¿Dónde habría ido, y por qué? Chris siempre estaba desapareciendo en rincones ocultos de la nave, lo que por lo general no importaba. Pero aquellas circunstancias eran excepcionales.

Furiosa, y algo asustada, Carly abrió una línea de comunicación con las habitaciones de Chris. Tenía pensado darle la buena noticia; no tenía intención de escuchar a escondidas. Pero Chris debía de haber dejado abierta la línea con el puente sin querer, porque Carly podía oír todo lo que pasaba en sus habitaciones. Lo oyó hablar con alguien.

—¡No hagan caso de la estatua! —decretó Chris—. Soy lord Garquin, y les ordeno que se centren en la cuestión que nos ocupa.

Ahora Carly se asustó de verdad. La nave estaba vacía… ¿o no? Entonces, ¿qué hacía Chris?

—Mmm, ¿Chris? —dijo a través del micrófono—. ¿Con quién hablas?

Se produjo un largo silencio.

—¿Carly?

—Sí. Carly. La única otra persona a bordo. ¿Correcto?

—Espera un segundo, Carly —respondió Chris. Luego suspiró, como dándose por vencido—. Ahora subo.

Sólo tardó un par de minutos en llegar al puente de navegación, pero la espera resultó interminable.

Por fin, Chris salió al puente. Se mostraba completamente tranquilo. Pero claro, él siempre parecía tranquilo. A Carly la sacaba de quicio.

—¿Cuánto oíste? —preguntó Chris.

—Te oí hablar con alguien, que ya es raro. Te oí llamarte a ti mismo lord Garfunkel o algo parecido. Que es todavía más raro.

Chris trató de interrumpirla, pero Carly elevó la voz y continuó hablando. No era propio de ella; pero tampoco era propio de ella estar tan indignada. Las palabras le salían a borbotones. No podría haberse detenido aunque quisiera.

—Sé que mentiste sobre la *Cuchilla Luminosa*. Sé que sabes más cosas sobre esa nave gemela de lo que das a entender. Así que no me vuelvas a mentir. Sólo dime una cosa, Chris. ¿Qué está pasando? Quiero la verdad.

Chris ya no parecía tan calmado. Más bien recordaba a un animal prisionero en una trampa.

—Carly, ahora no es un buen momento.

Carly se notó desfallecer. Se dio cuenta de que había confiado en que Chris lo negara. En que dijera: "¿Estás bromeando? Soy yo, Chris. Quizá no soy el tipo más comunicativo que has conocido, pero jamás te mentiría a la cara". Carly siempre había sabido que Chris les ocultaba ciertas cosas. Era obvio para todos que guardaba sus secretos. Pero Carly había creído que podía confiar en él. Había creído que él tenía presente el interés de la misión.

Ahora no estaba tan segura.

Y con cada segundo que pasaba iba estando menos segura.

—Chris, siempre es un buen momento para la verdad.

Chris no tenía por qué contárselo. Carly no podía obligarlo. No podía obligarlo a hacer nada, cayó en la cuenta de pronto. Él sabía acerca de la nave mucho más que ella, que el resto de sus compañeros. El conocimiento es poder, y Chris disponía de todo el conocimiento.

Era una locura asustarse de Chris.

Pero una pequeña y temblorosa parte de Carly estaba asustada.

Tal vez Chris se lo notó en los ojos. Tal vez fue lo que terminó convenciéndolo.

11

—**Suéltalo ya, Garquin** —insistió Dash. Habían pasado veinte minutos y todavía era incapaz de apartar los ojos de la estatua de Chris. ¿O era del doble de Chris, que viajaba en la *Cuchilla Luminosa*? No tenía ningún sentido que lord Cain ordenara a los peones que construyeran una réplica gigante en metal de cualquiera de ellos. A menos que hubiera algo muy importante que Dash desconocía—. ¿Por qué hay una estatua de un miembro de nuestra tripulación mirando a la sala del trono de lord Cain? ¿Qué está pasando?

—Voy a tardar un buen rato… —comenzó a decir lord Garquin.

—Usted mismo lo dijo: aquí estamos completamente a salvo —señaló Dash—. Siempre y cuando no encendamos ese interruptor principal, lord Cain no puede hacernos nada. ¿O era mentira?

—No… era verdad —respondió Garquin. Por la manera que lo expresó, quedaba claro que muchas otras cosas que había dicho no lo eran.

—Pues cuéntenoslo de una vez —insistió Gabriel—. Si no, lo mismo volvemos a encender ese interruptor y le pedimos a lord Cain que él nos explique la historia.

—No les conviene, en absoluto —replicó lord Garquin.

—¿Y usted cómo sabe lo que nos conviene? —espetó Piper—. No sabe nada sobre nosotros.

—No es exactamente cierto —objetó lord Garquin—. Y supongo que es lo primero que tengo que reconocer. No soy lord Garquin. Al menos, no exactamente.

—Entonces, ¿quién es?

Fue entonces cuando escucharon la voz de Carly.

—Vamos, díselo.

Dash dio un respingo de sorpresa.

—¿Carly? Creía que las interferencias atmosféricas…

—Sí —respondió ella—. Yo también. Resulta que estábamos confundidos. En muchas cosas. Para empezar…

—Soy yo —interrumpió lord Garquin. Entonces, aquella voz extraña se transformó en algo mucho más extraño pero, al mismo tiempo, más conocido—. Chris.

Se produjo un instante de silencio mientras la conmoción los invadía.

Gabriel fue el primero en encontrar su voz.

—Eh… ¿puede ser un poco más concreto? ¿Qué Chris?

—¿Qué Chris se te ocurre? —intervino Carly.

—Bueno, sé que no puede ser Chris, el de mi tripulación, el que juró que no me ocultaría más secretos —respondió Gabriel—. Y por supuesto que no es Chris, el chico que no tiene sentido del humor, porque esto parece una broma bastante rebuscada.

—Vamos, Gabe —replicó Piper—. Hay que darle la oportunidad de explicarse.

—Nada de lo que sale de su boca es verdad —argumentó Gabriel—. ¿Y quieres que siga hablando?

—Yo sí —intervino Dash con tal firmeza que Gabriel cedió por fin—. Estoy seguro de que Chris tiene una buena explicación para todo esto… ¿verdad?

—Tengo una explicación —respondió Chris—. Que sea buena o no, deben decidirlo ustedes —hizo una pausa, como tratando de resolver por dónde empezar—. Les dije que era lord Garquin porque, en cierto sentido, era verdad. Todo lo que ven en este planeta, cada máquina, cada peón, todo… lo construí yo. Vine a este planeta por primera vez hace casi un siglo. Igual que ustedes ahora, buscaba Magnus 7 y trataba de desarrollar una manera de sintetizarlo y convertirlo en el combustible que necesitaba. Mientras tanto, para entretenerme, diseñé un juego. Era muy parecido a sus videojuegos, excepto que éste tenía el tamaño de un planeta. Creé a lord Garquin y también a lord Cain. Los enfrenté en una guerra.

—¿Y no se te ocurrió que igual tenías que haberlo comentado un poco antes? —exigió saber Gabriel.

—Si les hubiera contado la verdad sobre Meta Prima, habrían surgido muchas preguntas. Por eso les hablé con la voz de lord Garquin; pero sólo porque me necesitaban para orientarlos por este mundo.

—Un momento, ¿dijiste que estuviste aquí hace cien años? —interrumpió Piper, desconcertada—. ¡Es imposible! No puedes tener más de quince.

—Todo lo contrario, puedo tener muchos, muchísimos más de quince —respondió Chris—. Puedo tener siglos. Y los tengo.

—Pero ¿cómo es posible? —preguntó Gabriel con una exclamación.

125

A Dash se le agolpaban los pensamientos. Ahí estaba la variable que faltaba. Era lo que hacía que todo lo demás cobrara sentido: la tecnología superavanzada del *Leopardo Nebuloso,* que sólo Chris sabía utilizar. Que, supuestamente, había ayudado a inventar aunque era un adolescente. La razón por la que, para empezar, el comandante Phillips confiaba tanto en él. El hecho de que hubiera estado en aquel planeta —en cualquier planeta— antes, todos esos años atrás. Y que hubiera construido un juego lo bastante elaborado para que pareciera una civilización extraterreste sumida en una guerra.

El hecho de que hubiera mentido al respecto, una y otra vez.

—Es alienígena —afirmó Dash. Se hizo un prolongado silencio. Por las respectivas caras de Piper y Gabriel, Dash supo que pensaban que era la idea más descabellada que habían oído nunca... pero también la única que tenía sentido—. ¿Qué dices, Chris? ¿Tengo razón?

—Tienes razón —admitió Chris—. Vengo de otro planeta, en un rincón lejano de otra galaxia. Parezco humano pero no lo soy, en absoluto.

Ante sus palabras, cuatro mentes compartieron una misma reacción.

"¡Guau!".

Aunque era Dash quien lo había averiguado, ni siquiera él mismo lo podía creer.

Todo aquel tiempo, ¿habían tenido un extraterrestre entre ellos? ¿Una criatura de otro planeta, con aspecto humano, que fingía ser su compañero de tripulación, su amigo?

Un alienígena, del espacio exterior.

Dash reflexionó que había empezado a asimilar el concepto de seres extraterrestres cuando lord Garquin comenzó a hablar con ellos. Una cosa era escuchar una voz por un auricular… ¿Chris, extraterrestre? Eso no tenía nada que ver. Era una especie de broma cósmica y Dash temía que, si abría la boca, se iba a echar a reír y nunca podría parar.

Gabriel sacudía la cabeza de un lado a otro con fuerza, como si quisiera zafarse de la idea, decir que no, que no era posible, ni en un millón de años; un alienígena, no; Chris, no.

Por fin, Piper tomó la palabra.

—¿Carly? —dijo con voz entrecortada—. ¿Estás bien ahí arriba?

Se le ocurrió primero a Piper pero, al instante, los otros dos empezaron a preocuparse. Carly estaba allí arriba, en el *Leopardo Nebuloso,* a solas con un extraterrestre. Un extraterrestre del que no sabían nada, que les había estado mintiendo durante meses. Un extraterrestre que controlaba hasta el último rincón de la nave y podía hacer todo cuanto quisiera.

Ninguno de ellos conocía a Chris; en realidad, no. No podían saber qué pretendía.

Y, desde luego, no podían impedir que lo consiguiera.

—Yo… eh… estoy bien —llegó la respuesta. Dash nunca había notado a Carly tan insegura.

—Entonces, eres alienígena —dijo Dash como sin darle importancia. Como si la mente no le estallara ante la simple idea—. Alienígena. ¿Lo sabe el comandante Phillips?

—Sí —respondió Chris—. Lo ha sabido casi toda su vida.

—¿Por qué no nos dijo nada? —quiso saber Gabriel.

—Pensó que sería mejor para ustedes no saberlo —repuso Chris—. Al menos hasta que lo necesiten.

—Apuesto a que pensó eso —masculló Gabriel. Daba la impresión de que había muchas cosas que, en opinión de Phillips, la tripulación del *Leopardo Nebuloso* no "necesitaba" saber. Resultaba increíble que, aunque te hubieran elegido para una misión al otro lado del universo para salvar el planeta, la mayoría de los adultos te seguían tratando como a un niño cualquiera—. No lo entiendo —continuó Gabriel, y sólo se estaba molestando más—. Si eres extraterrestre, ¿qué hacías en la Tierra? ¿Dónde está el planeta del que vienes? ¿Hay más como tú? ¿Qué haces en esta misión, para empezar? ¿Y cómo es que conoces a Phillips desde hace tanto tiempo? ¿Qué hacías en la Tierra? ¿Ya pregunté eso? ¿Es una de esas cosas en plan Superman, donde tu mundo estalló y eres el único superviviente?

Dash estaba acostumbrado al hecho de que, al hablar, Gabriel se sentía mejor. Aun así, habría preferido que omitiera la última pregunta. O, al menos, que la hubiera expresado con un poco más de tacto. Al fin y al cabo, si la Tierra explotara y Dash fuera el único superviviente, probablemente estaría un poco susceptible.

Pero Chris sólo se echó a reír.

—Son muchas preguntas, Gabe —alegó—. Voy a tener que empezar por el principio.

Piper captó la mirada de Dash y dio unas palmaditas en la cabeza metálica de TULIP. Dash entendió lo que trataba de expresar. Estaban en un momento crucial. ¿Tenían tiempo de sentarse en círculo y escuchar una larga historia? Dash no estaba seguro. No estaba seguro de nada.

—Mi planeta se llama Flora —explicó Chris, cuyo tono se suavizó al pronunciar el nombre—. Se encuentra en la galaxia que ustedes conocen como Gran Nube de Magallanes, a ciento sesenta mil años luz de la Tierra. Flora tiene una atmósfera y una corteza planetaria muy similares a las suyas.

—Entonces, es lógico que su gente haya evolucionado de forma parecida a nosotros —observó Piper.

—Exacto. Pero hemos tenido mucho más tiempo para evolucionar, y desde la invención de la velocidad gamma...

—Un momento —interrumpió Gabriel—. ¿Ustedes inventaron la velocidad gamma?

—Por supuesto —respondió Chris. En su voz no se apreciaba ni un ápice de presunción. Hablaba con toda naturalidad, como si debiera haber sido obvio—. No se habrán creído que la humanidad podía dar un salto adelante tan inmenso, en tan poco tiempo, sin algo de ayuda, ¿verdad?

—Ha ocurrido muchas veces antes —comentó Carly a la defensiva. De pronto, sintió como si ella (y el resto de la humanidad) tuviera algo que demostrar—. La energía atómica. Las computadoras.

—El motor de combustión interna —añadió Gabriel—. La rueda.

—Construimos barcos que nos han llevado a través del océano —señaló Dash—. Aviones que nos han llevado al cielo. Lanzaderas espaciales que nos han llevado a la Luna. Hicimos todo eso sin la ayuda de nadie.

—No sé por qué lo dan por hecho —respondió Chris. Luego, a toda prisa, añadió—: No hagan caso. Sólo intentaba hacer una broma, para aligerar el ambiente.

Pero una vez que las palabras se hubieron pronunciado, Dash no pudo evitar preguntarse: "¿Era una broma? ¿O acaso Chris no es el único alienígena que visita en secreto la Tierra? ¿Y si no es el primero en inyectar un poco de tecnología extraterrestre en las venas de la humanidad? ¿Acaso unos hombrecillos verdes le echaron una mano a Einstein? ¿Y a Darwin? ¿A Copérnico? ¿A Newton? Las posibilidades dejaron a Dash boquiabierto. No acababa de decidir si el hecho de que la raza humana no habría podido llegar a ningún sitio sin ayuda extraterrestre resultaba deprimente… o asombroso.

—Hace mucho tiempo, partí de Flora para lo que iba a ser un viaje de investigación que duraría cien años.

—¿Cien años en el espacio? —preguntó Carly con un chillido. Después de sólo unos meses empezaba a sentir claustrofobia en el *Leopardo Nebuloso*. No podía imaginarse presentándose voluntaria para pasarse toda una vida vagando por las estrellas.

—Los viajes de esa duración son característicos de mi gente —explicó Chris—. Como ven, envejecemos a un ritmo mucho más lento que los humanos. Nuestra vida es larga, y muchos de nosotros decidimos llenarla de todos los nuevos paisajes, nuevos lugares y nuevos pueblos posibles.

—Entonces, ¿viniste a echarle un ojo a la Tierra y te gustó tanto que te quedaste? —elucubró Gabriel.

—No exactamente. Hace unos cuarenta años, según el tiempo en la Tierra, un joven astrofísico detectó lo que creyó que eran señales de vida extraterrestre. En concreto, detectó el tubo de escape de mi nave. Era inteligente y ambicioso, y estaba decidido a establecer contacto con una forma de vida alienígena. Yo no tenía previsto visitar la Tierra por el momento. Pero él optó por atraerme con llamadas de socorro. Y lo consiguió.

—A ver, ¿ese tipo te engañó a ti, un extraterrestre superavanzado, hiperinteligente, que viajaba por el espacio?

—Me temo que sí.

Gabriel pensó que aquello parecía un truco sucio. Pero no pudo evitar sentirse un tanto impresionado.

—Mi nave sufrió daños al aterrizar —prosiguió Chris—. Y me quedé detenido en su planeta, a merced de ese astrofísico, Ike Phillips, que quería utilizar mis conocimientos y tecnología para su propio progreso.

"¿Ike Phillips?", preguntó Gabriel a Dash moviendo los labios sin hablar. Dash arqueó las cejas.

—No le importaba cómo beneficiar a su especie o a su mundo. Soñaba con poder y beneficios; cuanto más consiguiera acumular, mejor. Me mantuvo en secreto en la Base Diez, donde he vivido las últimas décadas.

—Pero Ike Phillips ni siquiera dirige la Base Diez —señaló Dash—. Shawn Phillips es quien está a cargo.

—Claro que sí. Ahora. Shawn, el hijo de Ike, creció en mi compañía. Nos convertimos en lo que su gente podría considerar una familia. Y al contrario que su padre, Shawn se preocupa por ayudar a su planeta. Cuando la energía empezó a escasear, él y yo nos dimos cuenta de que podríamos tener la solución para la crisis energética.

—Tú fuiste quien le habló de la Fuente —supuso Dash, mientras los pensamientos se le agolpaban en la mente. Phillips nunca había mencionado a su padre, pero por la base corrían rumores, historias de un severo comandante que había estado al mando tiempo atrás. Si Chris decía la verdad, costaba imaginar que hubiera criado a un hijo como Shawn—. Y le ayudaste a construir el *Leopardo Nebuloso* para que pudiéramos ir a encontrarla.

—En efecto, Dash. Esta misión la soñamos Shawn y yo juntos. Tuve el privilegio de unirme a ustedes, de ver cómo esos sueños se hacen realidad.

—Así que sólo quieres ayudar a la gente de la Tierra por tu buen corazón —dijo Carly.

—Así es.

—Aunque te engatusamos con pretextos falsos, y destrozamos tu nave, y te mantuvimos prisionero durante los últimos cuarenta años —soltó un bufido—. Sí, entiendo por qué nos quieres tanto, totalmente.

—Ike Phillips sólo es un hombre —alegó Chris—. No la humanidad entera.

—Claro, eso dices ahora —intervino Gabriel—. Pero nos estuviste mintiendo todo este tiempo. ¿Quién sabe que no nos mientes ahora?

—No sabemos que esté mintiendo —apuntó Piper, tratando de ser justa.

—Gracias, Piper —dijo Chris.

—Por supuesto, tampoco sabemos que esté diciendo la verdad —añadió Piper.

—¿Eso es todo? —se extrañó Carly—. ¿No hay nada más que no sepamos?

Chris suspiró.

—Hay una gran cantidad de cosas que no saben. Se tardarían varias vidas en aprender las cosas que no saben acerca del universo, de mi gente, de la suya. Eso de saberlo todo no existe. Sólo existe el saber lo suficiente.

Dash reflexionó que a Chris se le daba muy bien responder sin decir nada. Hasta ese momento no le había importado mucho. No se había parado a pensar en todo lo que Chris no había dicho.

—Les aseguro que pueden confiar en mí —afirmó Chris—. Deben confiar en mí. Sobre todo ahora, en este planeta. Yo creé la civilización completa de Meta Prima, la conozco de memoria. Puedo sacarlos a salvo, con el elemento que necesitan. Una vez que hayan vuelto a la nave, responderé a todas sus preguntas y más aún.

—Aquí tengo una que deberías responder ahora mismo —espetó Gabriel—. Si creaste este sitio, y estás de nuestro lado, ¿por qué lord Cain estaba haciendo todo lo posible por matarnos?

—Yo… bueno… parece que perdí el control sobre la parte del planeta que pertenece a Cain. Al principio, creí que simplemente era un fallo de funcionamiento —admitió Chris.

—¿Pero ahora? —le instó Gabriel.

—Pero ahora sospecho que la persona a la que llaman Colin, en la *Cuchilla Luminosa,* debe de estar llevando los controles.

—El que es igual a ti —dijo Dash—. El que dijiste que nunca habías visto antes.

—Era verdad —afirmó Chris—. Pero, a lo largo de los años, Ike Phillips ha tenido muchas ocasiones para extraer muestras de mi ADN. Dado el aspecto físico de Colin, dadas las similitudes entre su nave y la nuestra, no puedo más que suponer que Ike ha creado un clon de mí, un clon que tiene mis recuerdos, y mis conocimientos. Resulta un tanto desconcertante.

—¿Piensas que Ike Phillips es quien envió a la *Cuchilla Luminosa* tras nosotros? —preguntó Dash—. No parece de esos tipos interesados en salvar al mundo.

—No —coincidió Chris—. Seguro que no es de esos.

Hizo una pausa para que pudieran asimilar su respuesta.

Quien tuviera éxito en aquella misión contaría con la fuente de energía más poderosa que el mundo jamás había conocido, meditó Dash. Una energía renovable gratuita podía mejorar la vida de todos y cada uno de los habitantes del planeta.

O podía mejorar la vida de quien la controlara.

Sobre todo si esa persona sólo buscaba el beneficio propio.

—Mi opinión es que Colin está controlando a lord Cain —prosiguió Chris—, e intenta retrasarlos en su objetivo para ventaja de su propia tripulación.

—Parece más bien siniestro —comentó Carly.

—Estoy de acuerdo —convino Chris.

—Y si es una copia exacta de ti, ¿no significa que tú también eres más bien siniestro? —añadió Carly.

—Hasta un clon tiene voluntad propia —explicó Chris—. Si todo lo que sabe sobre la vida viene de Ike Phillips, me imagino la clase de persona en la que ese tal Colin se ha convertido. Seguro que es cruel y, probablemente, no siente mucho respeto por la vida y las necesidades de los demás. Como ven, necesitan mi ayuda.

—Si es que damos por hecho que nos podemos fiar de cualquier cosa que digas —puntualizó Gabriel. Volvió la vista a Dash—. ¿Qué opinas?

Dash no sólo era el líder del grupo; también era el que había llegado a conocer mejor a Chris. El que más confiaba en Chris. Pero ahora no sabía qué pensar.

Sólo sabía cómo se sentía: estúpido y traicionado.

Y más decidido que nunca a recoger todos los elementos, antes de que el equipo Omega de Ike Phillips tuviera la oportunidad.

—Creo que podemos completar esta misión nosotros solos —respondió Dash—. Y nos encargaremos de todo lo demás cuando estemos de vuelta en la nave. ¿De acuerdo?

—De acuerdo —respondió Piper.

Gabriel hizo un gesto de afirmación.

—De acuerdo.

—De acuerdo —añadió Carly, aunque no parecía que le agradara mucho.

—¡No estoy de acuerdo! —exclamó Chris con tono de urgencia—. Necesitan que yo...

Dash desconectó el radio.

—¿De veras piensas que podemos hacer todo esto solos? —preguntó Gabriel.

Piper se mordió el labio.

Dash forzó una sonrisa confiada.

—¡Parece que estamos a punto de averiguarlo!

12

—**Vamos, Gabriel, tu** turno —indicó Dash. Si Gabriel no lograba averiguar cómo reprogramar a TULIP para que siguiera sus órdenes, la misión sería un fracaso.

Gabriel sacó su kit de herramientas y levantó el panel de controles del robot haciendo palanca.

—Nunca he conocido una máquina que no pudiera llevar a mi terreno —comentó mientras examinaba el complejo nudo de cables y chips—. No tiene por qué ser distinto esta vez. Y ahora que sé que la misma mente que diseñó el *Leopardo Nebuloso* fabricó este cacharro… confíen en mí, lo tengo controlado.

Parecía bastante seguro de sí mismo pero, a medida que pasaban los interminables minutos, Dash se iba poniendo nervioso. Gabriel seguía clavando la vista en el interior de la cabeza de TULIP, como si estuviera esperando un mensaje. O tal vez un manual de instrucciones.

—¿Vas a…? Ya sabes… ¿a hacer algo? —preguntó Dash.

—Estoy pensando —respondió Gabriel con un murmullo.

—Dale tiempo —sugirió Piper con suavidad—. Lo resolverá. Y si no lo hace…

—Ni hablar —interrumpió Dash con firmeza. Cuanto más indeciso se sentía, más seguro intentaba parecer—. No le vamos a preguntar a Chris. Podemos hacerlo nosotros. ¿Verdad, Gabriel?

Pero Gabriel no respondió. Se había lanzado de lleno al sistema de circuitos de TULIP, cortaba y retorcía, soldaba y partía. TULIP lanzaba trinos y pitidos.

—Parece que le hace cosquillas —comentó Dash.

—No le estás haciendo daño a… eh… a ella, ¿verdad? —quiso saber Piper, preocupada.

—Es una máquina —le recordó Gabriel—. No siente el dolor.

—¿Cómo lo sabes? —preguntó Piper. Estaba acostumbrada a que la gente hiciera suposiciones con respecto a ella. Los demás pensaban que Piper no podía hacer muchas cosas, pero estaban confundidos. Piper sabía que no era correcto hacer esa clase de suposiciones sobre los otros. Aunque esos otros fueran máquinas.

—Pregúntaselo —replicó Gabriel, cerrando con cuidado el panel—. Yo ya terminé.

—¿Tan rápido? ¿En serio?

—¿Alguna vez has dudado de mí? —replicó Gabriel—. Espera, no contestes —con gesto de orgullo, dio unas palmaditas en la cabeza de TULIP—. Vamos, chica, dile a Piper que no te dolió ni una pizca.

TULIP gorjeó alegremente.

—Y ahora nos vas a ayudar a recoger un poco de Magnus 7 del río, ¿a que sí?

TULIP volvió a gorjear y a Dash le sonó a un "sí" muy entusiasta.

No podían regresar por el camino que habían llegado. Sin Garquin, no tenían esperanzas de atravesar el tablero de ajedrez móvil. Aunque quisieran volver a abrir la comunicación con la nave, les sería imposible probar el pulso electromagnético dirigido, ya que todas las puertas que daban al exterior se accionaban electrónicamente. Si apagaban los circuitos mientras seguían en el interior del complejo, existía la posibilidad de que se quedaran allí atrapados para siempre.

—¿Hay otra salida, TULIP? —preguntó Gabriel—. Tenemos que bajar a ese río de lava. Pero no por la entrada principal.

La robot trinó alegremente a modo de respuesta y se encaminó por un pasillo con paso inestable. Gabriel seguía sin creer que una máquina para la minería pudiera tener personalidad... pero debía admitirlo: daba la impresión de que TULIP lo prefería a él.

Y a él no le importaba.

Siguieron a la robot por un laberinto de pasillos. Dejaron atrás cientos de peones, todos ellos inertes, que aguardaban la señal de lord Cain para dirigirlos. Piper se preguntó qué estarían pensando, si es que podían pensar. Se preguntó qué pensaba TULIP mientras se abría camino a toda velocidad entre sus estáticos hermanos y hermanas. ¿Sentía lástima por ellos? Piper sí. ¿Qué se sentiría al pasarse la vida entera obedeciendo órdenes de otra persona?

Sin la presencia de lord Cain para impedírselo, volver al exterior resultó sencillo.

Los problemas sólo empezaron al llegar allí.

Problema número uno: TULIP los sacó por una ruta alternativa, tal como le habían pedido. Y Dash entendió por qué nadie tomaba ese camino. Cuando llegaron al otro lado de la pared, se encontraron encima de un saliente, a sesenta metros por encima del suelo.

Problema número dos: habían desconectado el control de lord Cain sobre el interior de su complejo, pero no sobre el exterior. Los cañones situados a lo largo de la pared estaban disparando, y seguirían haciéndolo hasta que se agotara el combustible. Bolas de lava en llamas surcaban el aire a través del río, salpicando a la tripulación Alfa con una lluvia de chispas.

Pero Garquin no contraatacaba.

—No quiere arriesgarse —dedujo Piper—. Apuesto a que no disparará hasta que estemos a salvo.

Una única bola de fuego desde el lado de lord Garquin podía haber incinerado a toda la tripulación Alfa de un solo disparo.

—No estoy seguro de si quiero apostar mi vida a la lógica extraterrestre —comentó Gabriel.

El lado de Garquin estaba recibiendo una paliza. La lava salpicaba la imponente pared, chamuscando y derritiendo grandes hileras de maquinaria. El acero crepitaba y dejaba grandes aberturas en el sistema de circuitos. Dash se preguntó cuánto más podría aguantar el complejo antes de quedar destruido.

Piper respiró hondo. Era agradable haber vuelto al exterior, bajo el cielo abierto. Aunque el cielo estuviera iluminado por bolas de lava derretida.

—Pobre lord Garquin —comentó.

—Mmm, ¿se te olvidó que lord Garquin no existe? —le recordó Gabriel.

—Ya lo sé, pero… da la impresión de que sí, ¿lo entiendes?

Era una bobada, pero Dash lo entendía. Él había oído la voz de Garquin, había seguido las instrucciones de Garquin. Era Garquin quien les había introducido en el complejo de Cain y les había ayudado a encontrar a TULIP. Y ahora estaban machacando a Garquin porque quería mantener a salvo a la tripulación Alfa. Aunque lord Garquin no existiera en realidad, Dash también se sentía un poco mal por él.

—No es nuestro problema —le recordó a Piper. El hecho de decirlo en alto le ayudaba a recordar—. O, al menos, no lo será en cuanto consigamos el Magnus 7 y nos larguemos de este planeta. Así que empecemos de una vez.

Piper, indecisa, se asomó al borde del saliente, a sesenta metros del suelo.

—¿Se supone que tenemos que saltar?

TULIP les lanzó un chillido y luego empezó a bajar dando resoplidos por una estrecha rampa pegada a un lado de la pared. Con ritmo lento pero constante, el robot los condujo a través de la extraña pista de obstáculos adosada a la pared.

—Esto es de locos —protestó Dash mientras, gracias a Garquin, avanzaba inestablemente y a paso de tortuga por una pasarela de treinta centímetros de ancho—. ¿A quién se le ocurre construir un sendero así?

—A mí me parece lógico por mucha locura que sea —opinó Gabriel—. Ahora que ya sabemos que todo este planeta es, básicamente, un videojuego gigantesco. Es incluso divertido.

—¿Ésa es tu idea de la diversión? —se extrañó Piper, que lo miró como si estuviera chiflado.

Gabriel se agachó para esquivar una salpicadura de lava; luego se aferró con fuerza a la estrecha cinta transportadora que los llevaría hacia abajo otros seis metros.

—Bueno… sí.

Piper se alegraba de contar con su silla flotante. Ofrecía mucha más estabilidad que las piernas de cualquiera de sus compañeros.

Aun así, no miraba hacia abajo.

Después de lo que les pareció una eternidad, el sendero se bifurcaba. A la derecha, una superficie suave y curvada giraba hacia abajo en una pendiente muy pronunciada, como el tobogán de un parque infantil. A la izquierda, lo que aparentaban ser un millón de escalones descendían hasta el nivel del suelo. TULIP se detuvo en medio, como si estuviera indecisa.

—¿Por dónde vamos? —preguntó Piper a la robot.

TULIP emitió dos pitidos. Por el sonido, pareció una disculpa.

—Creo que no lo sabe —dijo Piper.

—Menos mal que yo sí —respondió Gabriel, señalando el tobogán—. No sé en su caso, pero las piernas me están matando, y me gustaría largarme de este planeta antes de que intente matarme también. Otra vez. El tobogán es más rápido que las escaleras, así de simple.

Dash estuvo de acuerdo con Gabriel en que cuanto antes regresaran a la nave —y junto a Carly—, mejor.

—¿No es demasiado simple? —argumentó Piper, lamentando no estar de acuerdo con Gabriel. La silla flotante podía bajar las escaleras deslizándose por el aire, pero no tendría gracia—. Tú mismo lo dijiste, si estamos en un videojuego del tamaño de un planeta, lo lógico es que todo sea difícil y complicado. ¿Por qué iba Chris a construir un atajo fácil, tan cerca del final?

Dash también estuvo de acuerdo con ella.

—Eh… ¿porque es divertido? —respondió Gabriel—. Tú misma lo dijiste: construyeron este sitio para pasarlo bien, y todo el mundo sabe que los toboganes son divertidos, mucho más divertidos que las escaleras.

—Es una pendiente muy empinada —observó Piper—. Para cuando llegáramos abajo, iríamos superdeprisa.

—¡Uy, qué miedo! De eso se trata —replicó Gabriel, deseando empezar de una vez.

—¿Y qué vas a hacer al llegar abajo, cuando vayas tan deprisa que no puedas frenar para no…?

—Para no ¿qué? —le desafió él.

—No sé, para no salir lanzado directamente a la boca de alguna bestia carnívora —sugirió Piper mientras iba elevando la voz.

Gabriel hizo un gesto con la mano como para restar importancia al asunto.

—Tienes raptogones en el cerebro. Te confundes de planeta. Te confundes de problema.

—Tu camino es arriesgado —alegó Piper.

—Tu camino es lento. Y por si no lo has notado, estamos en medio de una guerra. ¿Hay algo más arriesgado que la lentitud?

—¿Qué dices tú, Dash? —preguntó Piper—. ¿Qué camino deberíamos tomar?

—Oh, sí, intrépido líder —ironizó Gabriel—. ¿Cuál es tu voto? —Gabriel detestaba la idea de que Dash decidiera. No porque no fuera un líder excelente (Gabriel no podía negar que Dash era el mejor para liderear aquella misión). Pero tener un líder significaba ser un seguidor, y a Gabriel no se le daba especialmente bien. Era más fácil escuchar una sugerencia que obedecer una orden.

Gabriel estaba trabajando en el asunto.

—¿Qué va a ser, Dash? ¿Trabajo duro e inútil o diversión buena y rápida?

Dash no respondió. Ambas posibilidades tenían sentido. ¿Cómo iba a saber él quién tenía razón?

Por supuesto, existía una manera: podía preguntarle al tipo que lo construyó. Al alienígena que lo construyó.

Pero no pensaba hacerlo bajo ningún concepto. Pasara lo que pasara.

A salvo en la *Daga,* la lanzadera que los llevaría de regreso a la *Cuchilla Luminosa,* Anna, Niko y Siena observaban cómo las bolas de fuego llovían sobre el reino de lord Garquin. El pequeño peón de los Omega estaba encajado en el estrecho espacio detrás de los asientos y custodiaba una muestra de Magnus 7 en su vientre. Lo habían conseguido, y a mucha más velocidad que la tripulación del *Leopardo Nebuloso.*

Abajo, en Meta Prima, los dominios de lord Garquin ardían en llamas. Nubes densas de ondulante humo negro casi lo ocultaban a la vista. Anna se preguntó cuántos ataques más podría resistir antes de desaparecer.

—Casi me da lástima ese tipo —comentó Niko. Se rebulló en su asiento, incómodo. El acolchado era tan fino que se notaban los muelles y el marco de metal. Nada en aquella nave, o en la *Cuchilla Luminosa,* para el caso, había sido construido para la comodidad humana. Era como recorrer el espacio en un kart. Niko se tropezaba constantemente con paneles mal colocados, se estrellaba el codo contra tornillos a medio enroscar y se hacía cortes en la palma de la mano con bordes afilados. Era como si todo lo hubieran hecho en el último minuto, como aquella vez que Niko no se había molestado en empezar su proyecto para Ciencias hasta la noche antes de la feria científica. El proyecto le había explotado en la cara, literalmente. Niko pasaba mucho tiempo confiando en que a la *Cuchilla Luminosa* no le ocurriera lo mismo.

—No existe ese chico —le recordó Anna—. Sólo están Chris y un puñado de robots.

—Aun así, míralo, ahí sentado, aguantando. ¿Qué clase de perdedor no contraataca?

—¿La clase de perdedor que prefiere no bombardear a su propia tripulación en la cara con lava derretida? —sugirió Siena. Los tres Omega intercambiaron una mirada de complicidad. Colin se había abstenido de bombardear su lado del río hasta que llegaron al refugio de la *Daga,* pero luego no había esperado ni diez segundos para disparar sus cañones. pilotear la *Daga* a través de una lluvia de fuego no había resultado nada fácil. Una de las bolas había estado a pocos centímetros de chamuscar los impulsores de popa. Colin, claro está, no se había disculpado. Colin nunca se disculpaba.

Al menos, había abierto un estrecho corredor de vuelo para que atravesaran la tormenta de fuego. Les aseguró que siempre y cuando siguieran sus instrucciones, evitarían estallar en el espacio. Había funcionado, a duras penas.

—Vamos, regresemos a la nave —dijo Anna.

—¿Crees…? —Niko se interrumpió.

—¿Qué? —le instó Anna.

—No te va a gustar —le advirtió Niko.

Anna se estaba acostumbrando a que las cosas no le gustaran.

—Suéltalo.

—¿Crees que deberíamos quedarnos por aquí cerca un poco más antes de entrar en órbita? —preguntó Niko—. Sólo para asegurarnos de que los Alfa regresan a salvo.

—No son responsabilidad nuestra —señaló Anna.

—Es verdad, pero son los únicos que saben dónde está el siguiente elemento —argumentó Niko—. Si los Alfa no llegan al próximo planeta, nosotros tampoco.

—Tiene razón —opinó Siena.

Anna detestaba estar de acuerdo… pero no podía ser de otra manera. Los Omega disponían de su propia nave y su alienígena; pero carecían de una ruta propia. No tenían más remedio que seguir al *Leopardo Nebuloso* de un planeta a otro. Lo que significaba que si Dash Conroy fastidiaba las cosas para el equipo Alfa, también las fastidiaba para todos los demás.

—Muy bien —respondió Anna—. Esperamos.

La *Daga* empezó a trazar lentos círculos en las nubes, a gran distancia de la batalla que rugía más abajo. Anna programó los escáneres para que se engancharan a la señal de energía del *Gato Nebuloso*. Cuando el transbordador despegara —si es que llegaba a despegar—, lo sabrían.

—Aún me cuesta creer que Chris los enviara ahí abajo sin advertirles de lo que se iban a encontrar —comentó Siena. No había nada peor que meterse en una situación sin todos los datos necesarios. ¿Qué clase de persona pondría en semejante dilema a sus compañeros?—. ¿Les parece que Colin tiene razón? ¿Que Chris les hizo creer que lord Cain y lord Garquin eran reales? ¿Que esa "guerra" no era un juego?

—Tiene que haber sido así —respondió Niko—. ¿Qué iba a decirles si no? "Yo mismo construí todo esto antes de que nacieran, pero no me pregunten nada sobre cómo lo hice o por qué sigue pareciendo que tengo quince años. No me permiten contarlo. Pero les juro que hay una explicación totalmente válida que no tiene nada que ver con que yo sea extraterrestre." Dash lo habría calado, seguro.

—A mí me parece mal —comentó Siena.

—A ver si se dan cuenta: Chris es un mentiroso —terció Anna con tono áspero—. Igual que Shawn Phillips —el comandante Phillips fingía ser un hombre agradable y amistoso, pero Anna nunca se había fiado de él. Había demasiadas cosas que se negaba a explicarles. Esos comentarios sobre información confidencial, alto secreto, entrega de datos sólo a la medida que se necesitan... a Anna le sonaban a excusas. Le sonaban a lo que los adultos contestaban cuando no querían que hicieras preguntas incómodas. Querían que te callaras y obedecieras. Pero el padre de Anna no era así. La había criado para que siempre preguntara. Contaba con que Anna le obedeciera, aunque siempre le explicaba la razón. No era de las personas al estilo "porque lo digo yo".

Y resultó que el padre de Shawn Phillips tampoco era de esas personas.

Cuando un equipo de comandos secuestró a Anna y a sus compañeros en el camino de vuelta a casa, Anna no supo qué pensar. Pero entonces Ike Phillips se presentó y les explicó que la emboscada había sido necesaria. Era culpa de Shawn, alegó. Como todo lo demás.

—Me habría gustado acercarme a ustedes de una manera más directa —expuso Ike Phillips—. Me habría gustado trabajar con Shawn para hacerles una oferta única en la vida. Pero mi hijo es avaricioso. Los quería a todos para él solo; y cuando ya no los podía utilizar más, no le gustaba la idea de que alguien interviniera para darles lo que querían.

—¿Y qué es lo que queremos? —había preguntado Anna, tomando la palabra con audacia en nombre del grupo.

—Creo que quieren viajar al espacio —respondió Ike Phillips—. Creo que quieren salvar el planeta, y hacerse ricos y famosos al lograrlo. Si están de acuerdo, yo soy el hombre capaz de conseguir que ocurra.

Entonces, Anna supo exactamente qué responder: "sí".

Al igual que la tripulación Alfa, contaban con una nave plagada de maravillas y con seis meses de entrenamiento. Al contrario que en el caso de la tripulación Alfa, les habían contado la verdad acerca de su nave y su misión.

—Mi hijo, Shawn, es partidario de malcriar a la gente —les había explicado Ike justo antes de despegar—. Sobre todo a los niños. Yo no. No soy partidario de tratar a los demás de un modo distinto sólo porque sean jóvenes. Siempre exigí a mi hijo lo mismo que a cualquier otra persona. La infancia no es excusa para la inmadurez. Así pensaba entonces, y así pienso ahora. Ustedes cuatro afirman que son lo bastante inteligentes y lo bastante fuertes para pilotear mi nave a través del universo. ¿Significa eso que puedo confiar en que sean maduros? ¿En que se enfrenten a la verdad, sea cual sea?

Anna, Siena, Niko y Ravi hicieron un gesto de asentimiento. Por supuesto habrían accedido a cualquier cosa con tal de subirse a bordo de aquella nave.

—Mi hijo va a mentir a su tripulación. Al equipo Alfa, "lo mejor y más brillante de la juventud del mundo" —ante el comentario, Ike soltó una carcajada cruel. A la tripulación de la *Cuchilla Luminosa* le gustó. Ellos también se echaron a reír—. Pero yo les voy a decir la verdad a ustedes cuatro.

Ike les había contado la historia completa. Que muchas décadas atrás un alienígena había hecho un aterrizaje forzoso en la Tierra. Que Ike le había salvado la vida, lo había cuidado hasta que recobró la salud, y luego ese alienígena llamado Chris lo había traicionado.

—¡Volvió a mi hijo en mi contra! —exclamó Ike mientras sacudía la cabeza con asombro y desesperación—. ¡Conspiró para expulsarme de mi propio programa! ¡Me forzó al exilio! ¡Después de todo lo que hice por él!

Shawn, sencillamente, no estaba cualificado para organizar una misión de tanta importancia, había afirmado Ike.

—Es mi hijo y lo quiero, desde luego; pero el destino del planeta está en juego. En resumen, él y Chris son incapaces de liderear el Proyecto Alfa. ¡Miren los cuatro errores cruciales que cometieron ya! —fue señalando por turno a los cuatro aspirantes descartados. Cada uno de ellos se iluminó bajo la mirada de Ike. Cada uno de ellos pensó: "Es verdad, Shawn Phillips cometió un gran error al no elegirme".

Ike Phillips les había ofrecido una oportunidad. Ike Phillips les había dado la *Cuchilla Luminosa*. Les había dado su confianza, al decirles la verdad sobre la tecnología extraterrestre de la *Cuchilla Luminosa*. Y les había dado a Colin.

A veces, Anna lamentaba no poder devolver ese último regalo en particular.

13

Carly rasgueó su guitarra y escogió la melodía de una vieja canción de los Beatles que le hizo recordar su casa. Le resultaba un tanto extraño estar tocando allí, en el puente de navegación. Pero no había nadie que la escuchara, excepto Rocket. STEAM estaba entretenido en la cocina, dirigiendo a los ZRK mientras preparaban una comida casera de bienvenida para la tripulación.

—¡Pues claro que volverán a casa! —le había asegurado el robot a Carly—. Debes tener fe; sí, señor, ¡ten mucha fe!

Carly se alegraba de que al menos uno de ellos la tuviera. Tal vez STEAM tuviera la suficiente por los dos.

No le preguntó a STEAM si ya sabía que Chris era de otro planeta. Después de todo, era Chris quien había diseñado el robot. Lo que implicaba que podía fiarse de los dos o de ninguno.

Después de que Dash interrumpiera la comunicación con la nave, Chris se había encerrado en sus habitaciones. Carly ignoraba qué estaba haciendo allí. Intentó no preocuparse al respecto.

Se dejó llevar por la música, y por los recuerdos que le traía a la mente. Su padre, cuando le colocaba los dedos en las cuerdas de la guitarra y le ensañaba a sujetar la uña. Sus hermanas pequeñas, cuando le suplicaban que tocara algo de pop japonés, o de Taylor Swift, para poder cantar a coro. Su madre, cuando le frotaba loción en las manos y armaba un escándalo por los callos que, según su padre, eran la señal del auténtico músico. Él mismo había sido músico en el pasado, y había puesto una guitarra en las manos de Carly antes de que ella tuviera edad suficiente para caminar. A su padre le gustaba decir que las primeras palabras de Carly habían sido las de la canción "Hey Jude". Ella nunca supo si bromeaba o no.

No había hablado con su familia desde que se despidieran en la Base Diez. A veces le enviaban vídeos; pero ver a su madre sonriendo mientras agitaba la mano, y a su padre cocinando las comidas preferidas de la familia, ver a sus hermanas jugando con el gato a las traes con el puntero de láser… era casi peor que no verlos en absoluto.

Por lo general, la guitarra tranquilizaba a Carly; pero ahora era imposible. La conocida melodía únicamente le recordaba lo sola que estaba en las estrellas, lo sola que estaba en aquella nave.

Sola, con la excepción de Chris.

En la pared a sus espaldas se escucharon unos golpecitos. Carly soltó la guitarra y se dio la vuelta. Chris estaba delante de la entrada del tubo.

—¿Puedo acompañarte? —preguntó.

—Puedes hacer lo que quieras —respondió ella. Ambos sabían que era verdad.

Chris se sentó junto a ella, frente a los controles.

—¿Alguna noticia? —preguntó.

Carly negó con la cabeza.

Ignoraba cómo se suponía que debía actuar. Carly lo sabía todo sobre los alienígenas; al menos, sobre los de ficción. En la escuela no daban clase de seres extraterrestres, encajada entre álgebra y gimnasia. Carly sabía sobre Thor, E.T., y sobre todas las extrañas criaturas de *La guerra de las galaxias*. Sabía sobre parásitos alienígenas que te devoraban de adentro hacia fuera; sabía sobre invasores alienígenas, ya tuvieran dos cabezas, o forma de elefante, o fueran plantas carnívoras. Sabía que algunos extraterrestres acudían a la Tierra, ávidos de conquistas, mientras que otros eran viajeros de las estrellas que se quedaban estancados y confiaban en encontrar una forma de volver a casa. Pero esos eran alienígenas de mentira, instalados en una pantalla o un cómic sin suponer ningún peligro. Chris era real, y estaba ahí mismo.

—No quería interrumpirte mientras tocabas —explicó él—. Era precioso.

Carly se sonrojó.

—Bueno… gracias.

—Extrañas tu casa —dijo él. No era una pregunta.

—¿Y tú? —quiso saber Carly—. ¿La extrañas alguna vez?

—¿A la Tierra? —preguntó Chris. Encogió los hombros; luego dedicó a Carly una leve sonrisa. Ahora Carly advirtió que los gestos de Chris parecían estudiados, casi artificiales. Como si estuviera interpretando un papel. Como si tuviera que pensar para sí: "Aquí es cuando un humano encoge los hombros de esta manera. Aquí es cuando un humano sonríe"—. Estoy acostumbrado a los viajes largos —añadió—. Me centro en lo que viene a continuación, no en lo que dejé atrás.

—No, la Tierra no —aclaró Carly—. Me refiero a casa. A tu casa. ¿La extrañas?

Chris bajó la cabeza.

—Ah. Mi casa.

Expresó la palabra "casa" de una manera... fue como un acorde largo y desconsolado. No tuvo que decir más.

—¿Cómo es? —preguntó Carly.

—Es un mundo de agua, muy parecido al suyo —explicó Chris—, pero nuestros mares son de color verde intenso y sus canales relucientes rodean el globo. Vivimos en terrenos que se retuercen como serpientes en el agua esmeralda. Me gustaría que lo vieras, Carly.

—¿Te esperan allí? —preguntó Carly—. A ver, ¿tienes padres? ¿O amigos? No sé, ¿alguien?

Chris asintió con la cabeza.

—Hay muchos "alguien" —respondió él en voz baja.

—¿Crees que están preocupados?

—En mi mundo, vamos y venimos. Transcurren largos periodos de tiempo entre un encuentro y otro. No tendrían motivo para esperar que regrese pronto, y sin embargo...

Se produjo una prolongada pausa.

—¿Qué? —quiso saber Carly.

—Creo que, a veces, quizá me echan de menos —respondió Chris—. Quizá se preguntan sobre mí, se preocupan por mi seguridad. Pero... —negó con la cabeza, como tratando de zafarse del pensamiento—. Es mejor no pensar demasiado en los que dejamos atrás. Los amigos de ayer no son más importantes que los de hoy.

—Los amigos no se mienten entre sí —señaló Carly—. Sobre todo cuando se trata de cosas que importan de verdad.

—¿Nunca le has mentido a un amigo?

—¡No! —respondió Carly con vehemencia. Entonces, sin saber por qué, continuó—: Bueno, en realidad… ¿te puedo contar algo? —ignoraba el motivo por el que sintió el impulso repentino de confesarse ante Chris. Acaso porque no la iba a juzgar por eso. No podía; en ese momento, no—. Mentí sobre la razón para quedarme en la nave. Porque era demasiado cobarde para bajar al planeta.

Chris asintió con un gesto. No se mostró sorprendido.

—Si fueras "cobarde" no estarías en esta misión —señaló—. Sólo con estar aquí arriesgas tu vida.

—Puede ser, pero es un riesgo que conozco perfectamente —respondió Carly—. Cuando sé lo que puede pasar, no me asusto. Son las cosas que no conozco…

—Pensaste que estarías más a salvo en el *Leopardo Nebuloso,* donde sabías a lo que te enfrentabas —dedujo él—. Que nada peligroso o inesperado podría suceder aquí.

—Sí.

Chris esbozó una sonrisa triste.

—¿Y qué tal te ha ido, atrapada en esta nave, a solas con un alienígena peligroso?

Carly se echó a reír. No lo había pensado de esa manera.

—No muy bien, la verdad.

—Yo dejé atrás todo cuanto había conocido en busca de experiencias nuevas —explicó Chris—. Las sorpresas no siempre son malas.

—¿Sigues pensando eso? ¿En serio? ¿Incluso después de un aterrizaje forzoso en la Tierra y de quedarte atrapado a millones de kilómetros de tu casa?

Chris hizo un gesto de afirmación.

—Nunca me arrepentiré de este viaje, Carly. Nunca me arrepiento de lo que hago. Sólo de lo que no hago.

Por extraño que pareciera, tenía sentido. En cuanto el *Gato Nebuloso* entró en órbita, Carly lamentó no ir a bordo. Y lo fue lamentando más con cada segundo que la tripulación estuvo fuera de contacto. Por asustada que estuviera, debería haberlos acompañado al planeta. La próxima vez, se prometió, así lo haría.

Si es que llegaba a haber una próxima vez.

—No se lo contarás a los otros, ¿verdad? —dijo—. Necesito que sientan que pueden contar conmigo. Sé que te eché mal plan por mentirnos a todos, pero esto es distinto —se detuvo un segundo, dudando si era verdad—. Me refiero a que esto es un asunto privado.

—Te doy mi palabra —Chris hizo una pausa—. ¿Tiene algún valor para ti, a estas alturas?

Carly no respondió. Durante un buen rato ninguno de los dos habló.

—Estoy preocupada por ellos —admitió por fin.

—Me gustaría decirte que no te preocupes. Pero me temo que ahora mismo podrían ir directo a una trampa. Una trampa hecha por mí.

—¡Pues tienes que avisarles! —exclamó Carly.

—No quieren escucharme —respondió Chris—. Dash lo dejó bien claro.

—Debes esforzarte más. Debes convencerlo… —Carly vaciló—. Como me convenciste a mí.

La sonrisa de Chris eclipsó el sol de Meta Prima.

—¿En serio?

Carly notó que se le quitaba un peso de los hombros; era agradable seguir sus propios instintos, permitirse a sí misma confiar en Chris. Era agradable no sentirse tan sola.

—En serio. Es verdad que Dash cortó la señal, pero supongo que tendrás alguna forma de invalidar eso, ¿verdad?

—Bueno, ahora que lo dices… —Chris toqueteó unos cuantos botones en el dispositivo de comunicación; luego se acercó al micrófono y habló.

—Atención, equipo Alfa. Al habla lord Garquin. Quiero otra oportunidad.

—Estamos perdiendo el tiempo —protestó Gabriel—. ¡Hay que elegir un camino y ponernos en marcha!

—Dame un segundo —respondió Dash. Casi había decidido que debían optar por el tobogán. Sólo quería un segundo más para estar absolutamente seguro—. Estoy…

El radio emitió un zumbido.

—Atención, equipo Alfa. Al habla lord Garquin. Quiero otra oportunidad —era la voz de lord Garquin, no la de Chris. Dash se figuró que no debería sorprenderle el hecho de que Chris dispusiera de la tecnología necesaria para disfrazar su voz. O para activar un MTB aunque el equipo de búsqueda lo hubiera apagado. Dudaba que todavía hubiera algo que pudiera sorprenderle.

Suspiró.

—Basta ya, Chris —le dijo al radio—. Ya te lo dije, no necesitamos tu ayuda.

—No necesitan la ayuda de Chris; pero sí necesitan la ayuda de lord Garquin. Éste es mi planeta, y necesitan que los guíe si quieren seguir vivos.

—No, nosotros…

Piper le propinó un codazo a Dash.

—No pasa nada por preguntar —le susurró.

—Estoy capacitado para rastrear todo el movimiento planetario —alegó Chris—. A través del MTB que les queda, veo dónde se encuentran exactamente en el complejo de Cain, y lo tengo que decir: están a punto de caer en una trampa.

—¿Ah, sí? —Gabriel frunció el ceño—. Demuéstralo.

—Están en un saliente a medio camino de bajada en la pared del complejo de Cain —respondió Chris—. Ante ustedes tienen una escalera larga y empinada y un tobogán de acero que los llevarán al nivel del suelo.

—Es decir, que puedes espiarnos —replicó Dash con amargura—. ¿Se supone que nos vamos a sentir mejor?

—El tobogán es la ruta más directa hasta la superficie, es el que los propios peones utilizan…

—¡Sí! —Gabriel dio un puñetazo al aire—. Tengo razón otra vez.

—… pero los soltará directamente en el río de lava —terminó Chris—. Los peones tienen capacidad para planear, que les permite ir flotando a ras de la superficie de forma muy parecida a la silla de Piper. Dash y Gabriel, por otra parte, se darían una zambullida bastante desagradable. Les recomiendo encarecidamente que tomen la escalera.

—No hay razón para pensar que nos dice la verdad —señaló Dash.

—No hay razón para pensar que miente —rebatió Piper.

—Les digo esto en calidad de lord Garquin. Me hicieron un servicio, tal como acordamos. Me gustaría cumplir mi promesa y llevarlos a salvo hasta la superficie, además de completar la misión.

Era ridículo pero, de alguna manera, el hecho de identificar la voz con "lord Garquin" les ayudaba a confiar. Aunque todos sabían que semejante persona no existía, daba la sensación de que era real, y hasta el momento no se había equivocado al conducirlos.

—¿La escalera? —preguntó Dash a su equipo. Ambos asintieron. Gabriel se mostraba descontento pero resignado—. Pues no se hable más.

La escalera era larga y empinada. Parecía extenderse hacia abajo de manera interminable. La silla flotante de Piper se desplazaba sin dificultad por encima de la pendiente. TULIP también bajaba, aunque no parecía muy satisfecha al respecto. Fueron descendiendo un peldaño detrás de otro a paso lento… y entonces se detuvieron con brusquedad.

—¿Qué fue eso? —preguntó Piper.

"Eso" era una especie de retumbo, parecido a un trueno distante.

—Probablemente no es nada —respondió Dash, si bien él mismo no acababa de creerlo. ¿Chris los había enviado directo a una trampa?

Acto seguido, las escaleras a sus pies empezaron a temblar.

—¡Uf! Para mí que sí es algo —señaló Gabriel mientras la escalera se agitaba y daba sacudidas.

Dash se giró con dificultad a un lado y otro en busca de algo a lo que aferrarse, pero las paredes eran demasiado lisas. Ignoraba qué estaba ocurriendo, pero estaba seguro de que tenían que salir de allí, y rápido.

—Será mejor que… ¡aaaaaaaah!

El suelo se hundió bajo sus pies. La escalera se aplanó hasta convertirse en un brillante tobogán metálico. Dash y Gabriel descendieron a toda velocidad.

Se produjo una especie de soplo ensordecedor y, de pronto, Dash notó que flotaba sobre un colchón de aire fresco.

—¡Como los tubos de la nave! —exclamó a gritos mientras el viento le arrancaba las palabras de la boca.

—¡Sólo que más rápido! —vociferó Gabriel, que pasó a su lado como una bala—. ¡Yuuuuuuju!

Dash sintió una oleada de pura alegría al tiempo que se desplazaba por el inclinado tobogán a la velocidad del rayo y las paredes se convertían en una borrosa imagen plateada en movimiento. Gabriel tenía razón: era varias veces más rápido que los tubos de la nave. Probablemente debería estar asustado, o preocupado, o preparándose para lo que viniera a continuación... pero era demasiado divertido. No pudo evitarlo: se rindió al trayecto. El tobogán cambió de dirección hacia arriba; luego hacia abajo; dio varios giros en espiral de trescientos sesenta grados y, acto seguido, se lanzó de nuevo hacia abajo. El estómago de Dash le golpeaba contra sus pulmones, la cara le dolía por las ráfagas de aire, no sabía si gritar, o reír, o vomitar, pero disfrutaba cada minuto.

Después de lo que le pareció una eternidad, y a la vez un tiempo insuficiente, se produjo una ráfaga de aire cálido a sus pies que le hizo aminorar la velocidad. Salió disparado del tobogán y aterrizó en el suelo con un golpe suave. Gabriel ya había llegado y negaba con la cabeza, sin dar crédito. Piper y TULIP cerraban la marcha.

—¿Los tubos de la nave son así? —preguntó Piper, con el rostro partido por una enorme sonrisa—. No me extraña que se pasen tanto tiempo ahí metidos.

—No son así —respondió Gabriel—. Ni hablar, colega, no hay nada que se le parezca. ¿Quién quiere repetir?

Dash no pronunció palabra. Su alegría se evaporó al fijarse en el otro tobogán, por el que habían estado a punto de bajar. Soltaba peones directamente al río de lava.

Tal como Chris les había advertido.

Antes de que éste les hablara por la radio, Dash estaba preparado para tomar una decisión. Y habría elegido mal. Habría incinerado a su equipo. Había estado absolutamente decidido a hacer las cosas solo, pero ¿por qué? Una mala decisión —su decisión— y todo habría terminado.

Dash era consciente de que no podía permitirse cuestionar todas las decisiones que tomaba. No era la manera de liderear un equipo. No era la manera de vivir. No podía permitirse pensar lo cerca que había estado del desastre.

Pero costaba no hacerlo.

Carly les habló por los auriculares.

—¿Qué tal ahí abajo, chicos?

—Bah, nada del otro mundo —respondió Gabriel—. Sólo el mejor recorrido de la historia del universo, nada más. No sabes lo que te pierdes.

—Es verdad —respondió Carly, con una nota extraña en la voz.

Antes de que Gabriel pudiera preguntarle qué pasaba, Chris interrumpió con nuevas instrucciones. Esta vez, utilizó su propia voz.

—Tienen que retocar un poco más la programación de TULIP antes de recoger el Magnus 7. Los peones sólo están programados para sujetar lava derretida durante el tiempo que tardan en trasladarla a la fábrica. Si no se modifica esa programación, TULIP podría autodestruirse antes de que regresen a la nave. Les daré instrucciones para los cambios.

—¿Cómo sabemos que no van a provocar que esta cosa explote? —preguntó Gabriel con recelo.

—¿Por qué iba yo a querer destruir mi propio robot? —razonó Chris—. ¿Por qué iba yo a querer destruir a mi tripulación?

Ahí acertaba.

Dash no estaba dispuesto a cometer el mismo error por segunda vez. Chris no sería el tipo más digno de confianza por el momento, pero les brindaba la mejor posibilidad de salir vivos de Meta Prima. Lo acababa de demostrar. Dash lanzó una mirada a su equipo a modo de pregunta silenciosa.

Piper hizo un gesto de afirmación. Tras unos segundos, Gabriel asintió también.

—Dinos qué tenemos que hacer —le indicó Dash a Chris—. Lo haremos.

Siguiendo las instrucciones de Chris al pie de la letra, Gabriel sólo tardó unos minutos en modificar de nuevo el circuito de TULIP.

Nada explotó.

—Parece demasiado fácil —comentó Piper mientras se metían a la fuerza en una grieta de la pared de lord Cain y observaban cómo TULIP se encaminaba resueltamente a la orilla del río.

—¡Ni se te ocurra decir eso! —le advirtió Gabriel—. ¿Qué nunca has visto una peli de terror?

TULIP no parecía fijarse en las bolas de lava que surcaban el aire por encima de su cabeza. Un tubo delgado le brotó del pecho y aspiró la lava derretida.

—¡Es como si bebiera con un popote! —exclamó Piper—. ¿Creen que le gusta?

—Sé que le gusta —respondió Dash mientras, atónito, observaba cómo el vientre de TULIP se iluminaba con un resplandor naranja. Un robot repleto de Magnus 7. No lo podía creer. En efecto, habían obtenido el segundo elemento.

—Dos conseguidos, quedan cuatro —anunció con voz alegre.

—¡No digas eso tampoco! —le apremió Gabriel—. Hasta que volvamos a salvo a la nave, ni hablar. Por muy poco peligro que haya.

—¿Desde cuándo te has vuelto tan supersticioso? —se interesó Dash.

—¿Quizá desde que descubrí que el tipo al que gané al ping-pong la semana pasada es un alienígena más viejo que Matusalén? ¿Y que fabricó un videojuego del tamaño de un planeta que hizo todo lo posible por liquidarme? —replicó Gabriel—. No sé ustedes, pero yo no voy a sentirme a salvo hasta que nos larguemos de aquí.

—Hablando del tema… —ahora que habían conseguido el elemento, nada los retenía en aquel planeta—. ¿Listos para salir volando?

—Más que listos —respondió Piper—. ¡Nos largamos de aquí!

Salieron corriendo hacia el *Gato Nebuloso*, esquivando chispas y lava y girando la cabeza hacia atrás cada pocos segundos para asegurarse de que TULIP los seguía. La pequeña robot, con el vientre lleno de Magnus 7, se había convertido de pronto en el miembro más importante de la tripulación.

Al poco rato se hallaban atados a los asientos del *Gato Nebuloso*.

—¿Permiso para despegar? —preguntó Gabriel al tiempo que se ponía sus gafas de vuelo.

—Permiso más que concedido —respondió Dash, y se sujetó con fuerza mientras los motores se encendían con un rugido.

El *Gato Nebuloso* salió lanzado de la superficie, atravesó el aire… y entonces, se zarandeó.

—¿Qué fue eso? —preguntó Piper a gritos. El aire ardía con lava derretida mientras lord Cain disparaba todo cuanto tenía hacia la orilla contraria del río—. ¿Nos alcanzó?

—Creo que no nos dispara a nosotros —respondió Dash—. Es sólo que estamos estorbando.

—Da igual a quién apunten. ¡Lo que importa es a quién alcanza! —exclamó Gabriel a medida que un chorro de lava se acercaba peligrosamente. El *Gato Nebuloso* dio una sacudida y perdió altitud. Gabriel apretó los dientes, decidido a encontrar un camino a través del fuego—. No consigo apartarme —hizo descender el transbordador ligeramente y luego se alejó con brusquedad para esquivar un chorro de lava. Buscó desesperadamente una zona de aire limpio, pero no fue capaz de encontrar una vía despejada entre la densa cortina de artillería. Pegotes de lava derretida salpicaban el casco de la nave. El panel de control del *Gato Nebuloso* empezó a lanzar destellos rojos.

—No te dejes llevar por el pánico —le advirtió Dash, aunque su propio corazón bombeaba a mil veces por minuto. ¿Cuánto podría resistir el pequeño transbordador?—. Mantente tranquilo, lo tienes controlado.

—Claro que lo tengo controlado —respondió Gabriel, aunque no estaba tan seguro. Tenía que situarse por encima de la batalla, colocarse a salvo entre las anaranjadas nubes extraterrestres. Pero el cielo estaba tan invadido de llamas que no sabía cómo conseguirlo. Iba a fallarle a su equipo, y a fracasar en su misión.

—Atención, *Gato Nebuloso*. ¡Atención! —la voz de Anna se escuchó por el comunicador.

—Ahora no —espetó Dash con brusquedad mientras el transbordador recibía otro golpe. Si la nave iba a estrellarse, de ninguna manera quería que las burlas de Anna Turner fueran las últimas palabras que escuchara—. Estamos ocupados.

—Sí, ya lo vemos —respondió Anna—. Si quieren nuestra ayuda, sólo tienen que pedirlo.

—¡Cómo! ¿Pueden parar una guerra? —preguntó Dash. Aunque no era una guerra propiamente dicha. Sólo disparaban desde el lado de lord Cain.

—Vamos, envíales la ruta de una vez —dijo la voz de Niko.

—Que antes lo pidan por favor —replicó Anna.

—Anna —era Siena, y no parecía contenta.

—Ok, está bien —cedió Anna. Y añadió—: Existe un patrón en la trayectoria de las bolas de lava. Les voy a enviar la ruta de vuelo. Introdúzcanla y se pondrán a salvo. Estamos a dos kilómetros, al este de ustedes. Síganos y saldrán de ahí.

Dash no daba crédito a que el equipo Omega tuviera realmente la intención de ayudar.

—¿Cómo saben…?

—A ver, fracasados, ¿quieren salir de ahí, o no?

—Queremos salir de aquí —respondió Gabriel al tiempo que esquivaba otro aluvión de fuego que llegaba desde la superficie del planeta.

Los Omega enviaron el paquete de datos y mientras la computadora de a bordo subía la información, en la pantalla de Gabriel el cielo se iluminó con una ruta brillante que los alejaría del peligro.

—Allá vamos —murmuró, y empezó a dirigir la nave con cautela a lo largo de la ruta. Los dedos se le crispaban sobre el panel táctil, su mirada se clavaba en el sendero iridiscente. El corredor aéreo seguro de la tripulación Omega tenía la anchura exacta para que la nave pudiera avanzar a través del fuego. No existía margen de error.

—¡Tienen que ser ellos! —exclamó Piper cuando un transbordador de color negro apareció a la vista—. Anna y los demás.

—Seguimos en camino —dijo Gabriel, que canalizaba toda su concentración en dirigir la nave. Incluso contando con la ruta de vuelo y el transbordador Omega a modo de guía, resultaba poco menos que imposible. Era como enhebrar una aguja… a más de mil kilómetros por hora. El más mínimo movimiento en falso los convertiría en una bola de fuego.

Los dos transbordadores cortaban el humo a medida que iban ascendiendo. La lava provocaba grietas en el casco de ambas naves y el calor palpitaba en las ventanas hasta que, por fin, se introdujeron en las nubes. La tormenta de fuego más abajo se fue apagando.

Gabriel soltó el aliento que, sin saberlo, estaba conteniendo. Las extremidades le temblaban de puro alivio.

—Lo conseguimos —declaró, y cambió a piloto automático. Por primera vez se sintió agradecido al soltar los controles.

—Sí, bienvenidos —dijo Anna—. Quizá la próxima vez deberían quedarse en órbita y dejar que nosotros nos encarguemos del trabajo duro.

—¿Ah, sí? —replicó Dash—. Pues quizá la próxima vez ustedes deberían…

Se interrumpió al darse cuenta de que la línea se había cortado.

—Y gracias también, supongo —añadió. Era mucho más fácil decirlo ahora que Anna no los escuchaba.

El *Gato Nebuloso* llegó con dificultad a la bahía de lanzamiento del *Leopardo Nebuloso*. Habría que realizar muchas reparaciones antes de que el transbordador estuviera preparado de nuevo para descender a un planeta. Pero Dash, Gabriel y Piper no pensaban en eso mientras se bajaban de un salto del *Gato Nebuloso*. Estaban deseando llegar al puente de navegación, donde Carly los esperaba. Era como si no la hubieran visto desde hacía un mes.

Cuando llegaron al puente, encontraron a Chris encorvado sobre los controles. Carly estaba a su lado, gritando indicaciones.

—¡Dale en el flanco izquierdo! —vociferó—. ¡Sí, otro más! ¡Prende fuego a ese idiota!

—¿Todo bien por aquí? —preguntó Dash.

—Bien, muy bien —le hizo señas para que se callara—. Deja que se concentre.

—Me alegro mucho de que hayan vuelto a salvo a la nave —dijo Chris sin apartar los ojos de la pantalla. Sus manos volaban sobre un elaborado panel de mandos que Dash no había visto hasta entonces. Sus dedos se veían borrosos por el movimiento y con cada acción que ejecutaban, mayor destrucción llovía sobre la superficie de Meta Prima—. En cuanto acabe de atar este cabo suelto, nos pondremos en camino.

Dash esbozó una amplia sonrisa. Era típico de Chris llamar "cabo suelto" a una lucha a muerte sin cuartel.

—¿Crees que ese tipo de la *Cuchilla Luminosa*, Colin, está realmente al control de lord Cain? —preguntó Gabriel.

—No veo otra opción —respondió Chris entre dientes apretados—. Y voy a conseguir que lamente haber salido de la Tierra. Éste es mi juego. Mi mundo. Si cree que me lo va a arrebatar, está muy confundido.

Le respondieron con gritos y aplausos. Hasta la misma Piper se contagió del ambiente. Era imposible resistirse. Nunca habían visto a Chris tan decidido, y nunca habían presenciado una batalla tan furiosa. Cain y Garquin se atacaban entre sí con todo cuanto tenían.

—¡Vamos, Chris! —gritó Dash mientras bolas de fuego perforaban un inmenso cráter en el reino de Cain.

—¡Vamos por ellos, Garquin! —exclamó a gritos Gabriel cuando dos tropas de peones embistieron el río y se enfrentaron al enemigo, arrojando lava de un lado a otro entre el torrente de fuego.

La lucha se prolongó más y más. Peones chamuscados se hallaban esparcidos por la superficie del planeta. Las llamas salían disparadas al cielo desde ambos reinos.

—¿Cómo sabes cuándo ganaste? —preguntó Dash—. ¿Hay un sistema de puntos o algo así?

Chris lanzaba miradas de odio a la pantalla.

—Gano cuando no quede ni rastro de él.

—¡Sí, Colin, tú puedes! ¡Machácalo! —vociferó Ravi.

—Silencio —replicó Colin con brusquedad—. Necesito concentrarme.

Los miembros de la tripulación de la *Cuchilla Luminosa* se sumieron en el silencio. Observaron cómo Colin manipulaba los controles como una máquina. Observaron cómo la superficie de Meta Prima estallaba en llamas. Ya no eran sólo bolas de lava. Drones surcaban las nubes y soltaban bombas que explotaban al chocar. Peones del tamaño de tanques rodaban a lo largo del río, taladrando agujeros de seis metros de diámetro. Entre los bandos de Garquin y Cain había un empate exacto. Lo que era lógico, pensó Anna, ya que Chris y Colin eran copias idénticas.

—Como sigan así, van a destruir el planeta entero —observó Siena.

Colin soltó un resoplido.

—¿Qué piensas que intento hacer? ¿Se cree que puede derrotarme con su jueguito? A ver qué le parece cuando lo deje sin juguete —desplazó una de sus palancas de controles y abajo, en el reino de Garquin, una sección de más de un kilómetro cuadrado se convirtió en cenizas.

—¿En serio? —se extrañó Niko—. Pero no lo dices en sentido literal, ¿verdad?

—Sí, Niko, lo digo en sentido literal —respondió Colin con tono sarcástico, sin apartar los ojos de la pantalla. Cuando quería, podía hacer que te sintieras como el mayor idiota del mundo—. Chris no entiende lo que hace falta para ganar. Pero acabará por entenderlo.

La guerra se prolongó mientras ambos bandos se despedazaban. Una vertiginosa tormenta de fuego arrasaba la superficie del planeta. El humo congestionaba el cielo. El metal chirriaba. Las máquinas se retorcían al quemarse. Chorros de fuego estallaban y escupían al cielo columnas de lava.

Y entonces… silencio.

No quedaban armas con las que disparar.

No quedaban peones contra los que combatir.

No quedaba nada en el planeta, nada capaz de luchar. Nada capaz de moverse. Nada, excepto tierras calcinadas y pilas incandescentes de metal retorcido. Extremidades de peones esparcidas y destrozadas. Profundos cráteres en la tierra chamuscada y ennegrecida, y ondulantes dunas de cenizas. Máquinas rotas, aplastadas, muertas.

Todo lo creado por Chris había desaparecido. Meta Prima no era más que una roca sin vida. Las únicas pruebas de que había sido algo más eran los peones a bordo del *Leopardo Nebuloso* y la *Cuchilla Luminosa*. Los dos únicos que habían escapado de la masacre.

Piper recordó cómo los peones habían esculpido la cara de su señor. ¿Lo hicieron por exigencia de lord Garquin? ¿O era posible que lo hubieran tallado por voluntad propia, sencillamente porque una pequeña parte de ellos así lo deseaba? ¿Era posible que los peones tuvieran realmente cierta sensibilidad, una mínima capacidad de decisión?

Piper confiaba en que no. Porque ahora todos habían desaparecido.

—¿Crees que… que ganaste? —preguntó Gabriel.

—Claro que ganó —respondió Carly—. Lord Cain ya es polvo.

—Pero lord Garquin también —señaló Gabriel—. Todo el planeta se convirtió en polvo.

—Basta ya, chicos —zanjó Dash en voz baja. Chris había abandonado su asiento a los controles y caminaba lentamente hacia la pantalla del tamaño de una pared. Presionó la mano sobre la pantalla, tapando una de las pilas de escombros en llamas.

—Tardé cuatro años en construirlo —explicó Chris con una nota de melancolía—. Estaba aburrido, y supongo que también me sentía un poco solo. Quería algo que me mantuviera espabilado. Un juego, como los juegos de entrenamiento que practican en la nave. Y empecé a construir pequeños laberintos. Pequeños enigmas para resolver y, poco a poco, otros más grandes. Y al final, se convirtió en más que eso. Para mí, Garquin y Cain llegaron a ser reales. Enfrentar uno al otro era una manera de exigirme a mí mismo. Para ser mejor, más rápido, más listo. Pero Meta Prima creció hasta un punto que me sobrepasó. Se convirtió en un mundo completo, en una civilización. Yo construí el planeta. Y… —con el semblante pálido, se giró hacia la tripulación—. Y ahora lo destruí.

—Fue Colin —afirmó Dash con vehemencia—. Es su culpa. Tú lo hiciste por culpa de él, nada más.

—Es verdad, ¿qué se supone que ibas a hacer? —argumentó Gabriel—. ¿No contraatacar?

—Podría haber dejado que ganara —respondió Chris—. Podría haber permitido que consiguiera su victoria, y que Meta Prima siguiera existiendo. No hay nada parecido a ese planeta en todo el universo. Y ahora no queda nada en absoluto.

—Tenemos el Magnus 7 —le dijo Dash a Chris, con la esperanza de animarlo—. Eso es lo importante. Y no lo podríamos haber conseguido sin ti.

Fue como si no lo hubiera oído.

—No consigo entender cómo me enganché tanto al juego —comentó Chris—. ¿Por qué no me detuve?

—Yo sí lo entiendo —dijo Gabriel—. Cuando estás jugando, a ver, el mejor videojuego de la galaxia, no vas a cortarlo antes de ganar.

—Pero, ¿con qué fin?

—Con el fin de divertirte —respondió Gabriel—. Sabes lo que es divertirse, ¿verdad?

Chris sacudió la cabeza de un lado a otro.

—Se supone que debería tener más juicio.

—¿Por qué? ¿Porque eres mayor que nosotros?

Piper le propinó un codazo a Gabriel.

—Porque no es humano —le recordó.

—Ah. Ok.

Se produjo una pausa incómoda. Con la emoción de la batalla, casi se habían olvidado de lo principal. Ahora Dash miraba a su amigo con más cuidado, tratando de aceptar el hecho de que Chris no era humano. Aunque tal vez fuera más humano de lo que pensaba. Después de todo, ¿no estaban llevando a cabo aquella misión porque los humanos se habían dejado arrastrar hasta tal punto por la tentación de divertirse —con sus coches, sus fábricas, sus lujos de la vida moderna— que casi habían destruido su propio planeta? Sólo que se tardaba un poco más.

Dash examinó a Chris de los pies a la cabeza, intentando averiguar qué había pasado por alto. Tenía que haber algo en Chris en lo que se debería haber fijado. Algo que lo distinguiera como no humano.

Gabriel y Piper estaban pensando lo mismo. Los tres inspeccionaban a su compañero alienígena de tripulación en busca de pistas.

—¿Por qué me miran? —preguntó Chris.

—¿Llevas, no sé, un disfraz? —quiso saber Gabriel—. ¿Tu verdadero yo tiene dos cabezas?

—¡Gabriel! —exclamó Piper con tono severo—. Eso es una grosería.

—¿Cómo? ¿Por qué es una grosería? Puede que en su planeta dos cabezas sean la última moda.

Carly soltó una risita.

—No le hagas caso —le dijo Dash a Chris—. Pero… eh, a propósito del tema… ¿qué aspecto tienes en realidad? En las películas, los alienígenas siempre se disfrazan de humanos con camuflaje de alta tecnología. O por medio de fenómenos de distorsión cerebral. O con disfraces fabricados con piel humana.

Dash procuró no pensar en la última posibilidad.

—Soy tal como me ven —respondió Chris—. Mi gente tiene el mismo aspecto físico que la suya. Nuestros planetas comparten algunas características clave, atmosféricas y mineralógicas, que han permitido una evolución paralela. Y eso es todo. Nada de antenas, ni un tercer ojo, ni dos cabezas. Espero no decepcionarlos.

—Claro que no —respondió Dash. No podía dejar de mirar a Chris. De pronto, empezó a asimilar la noticia: era un ser de otro planeta. Un alienígena. Dash se había centrado tanto en las mentiras de Chris, y en la cuestión de si podían o no fiarse de él, que se le había pasado quedarse estupefacto.

Chris procedía de otro planeta. Su compañero de tripulación, con un cerebro privilegiado, era un extraterrestre.

Al pensarlo meditadamente, Dash decidió que era lo más alucinante que le había ocurrido jamás. Lo que era mucho decir, dado todo lo que había sucedido en los últimos tiempos.

—Nos lo podrías haber contado, sin más —le amonestó—. Lo deberías haber hecho. Sobre todo porque sabías a lo que nos íbamos a enfrentar ahí abajo, en Meta Prima. Nos dejaste ir a ciegas.

—¿Por qué nos iba a decir la verdad? —preguntó Gabriel con sarcasmo—. Fue mucho más sencillo fingir que era un terrorífico señor supremo alienígena llamado lord Garquin y montar una mentira enrevesada para llevarnos adonde teníamos que ir. ¿O también lo hacías para divertirte?

—Lo admito, la tentación de adoptar el rol de lord Garquin fue irresistible —confesó Chris. Si Dash no supiera lo que sabía, habría pensado que Chris se sonrojaba—. Tú mismo lo dijiste. Es el mejor juego de la galaxia.

—Sí, la parte donde Cain por poco nos aplasta fue la más divertida —masculló Gabriel.

—Pero también fue la mejor manera de guiarlos a salvo a través de los obstáculos del planeta sin que surgieran demasiadas preguntas complicadas —argumentó Chris, que ahora parecía más seguro de sí mismo—. Pensé que era mi mejor opción.

—Eso es lo que me molesta —replicó Gabriel—. En ese momento pensaste que era tu mejor opción. ¿Y ahora? —desde el principio, Gabriel había sido quien más sospechaba de Chris, y estuvo dispuesto a organizar un motín cuando aquel adolescente extraño apareció en la nave por primera vez—. Dices que diseñaste esta nave, y toda esta misión. Y aquí estás, arriesgando tu vida con todos nosotros. Supuestamente. ¿Por qué ibas a hacer eso si ni siquiera eres humano? ¿Qué te importa a ti salvar la Tierra?

—Es cierto que la Tierra no es mi lugar de origen —respondió Chris—. Pero la adopté como si lo fuera. Shawn Phillips es mi familia. Ustedes son mis amigos. El éxito de esta misión me importa tanto como a ustedes, porque su mundo es también el mío. ¿Tiene importancia que procedamos o no de la misma especie? Han confiado en mí, y yo debería haber hecho lo mismo con ustedes. Cometí un error pero, ¿no me hace eso más humano, y no menos? Aunque no puedo demostrarles que digo la verdad, haré todo lo posible para volver a ganarme su confianza. Ahora mismo, en este momento, lo único que puedo hacer es pedirles que tengan un poco de fe. Créanme. Por su bien.

El discurso fue bonito. Pero ¿estaban en condiciones de permitir que un discurso bonito los influenciara?

Piper frotó la suave superficie de su silla. Había empezado a preguntarse: si Chris era responsable de toda la tecnología alienígena del *Leopardo Nebuloso,* ¿también había diseñado la silla flotante? Y si tenía que agradecérselo... bueno, ¿acaso no estaba en deuda con él?

Carly recordó que Chris no la había juzgado por asustarse de lo desconocido. ¿Cómo podía ella juzgarlo a él? Tal vez hasta el propio Chris se asustaba a veces.

Dash detestaba que Chris les hubiera mentido. Pero, de alguna manera, él también mentía acerca de su edad. Y si él mismo tenía sus razones, quizá Chris también las tuviera.

—Me disculpo de nuevo por ocultárselos —dijo Chris—. Cometí un error. Lo debían haber sabido desde el principio.

Era la primera vez que había mencionado expresamente que lo sentía, que había admitido a las claras su equivocación.

—En lo que a mí se refiere, estás perdonado oficialmente —dijo Carly.

—Sigues formando parte del equipo Alfa —añadió Piper.

—Parte de la familia —coincidió Dash.

Todos se giraron hacia Gabriel.

—¿Qué? —dijo él.

—¿No tienes algo que quieras decirle a Chris? —le instó Carly.

Gabriel frunció el ceño con fuerza. Luego esbozó una amplia sonrisa.

—Ah, ¿se refieren a todo ese rollo alienígena? ¿Seguimos hablando de eso? —hizo un gesto con la mano como para restar importancia al tema—. Olvidado y perdonado.

Carly dio una palmada bien fuerte.

—Entonces, está decidido. Volvemos a empezar. Será un comienzo sincero. Nadie más en la nave es extraterrestre, ¿verdad? —fue mirando por turno a los miembros de la tripulación.

Dash esbozó una sonrisa y negó con la cabeza. Piper también.

Gabriel hizo una pausa.

—Bueno, ahora que lo dices…

—Los visitantes del planeta Pelmazo no cuentan —contraatacó Carly.

—Ah, en ese caso, soy humano cien por ciento.

—Entonces, ¿estamos de acuerdo? —preguntó Piper a la tripulación—. ¿Sinceridad, de aquí en adelante? ¿Por parte de todos?

—De acuerdo —respondió Gabriel.

Carly cerró los ojos un instante, como si se estuviera haciendo una promesa silenciosa a sí misma; luego dio la misma respuesta.

—Haré todo lo posible por no volver a mentirles —dijo Chris.

Dash permaneció en silencio. No sabía qué decir. ¿Cómo se suponía que iba a prometer la sinceridad total, cuando guardaba un secreto tan enorme?

Detestaba mentir, pero también era consciente de lo que ocurriría si contaba la verdad. Los miembros de la tripulación estarían siempre preocupándose por él. Al acecho de señales de que se estaba debilitando, de que el viaje le estaba pasando factura. No quería eso. Él era el líder.

Tenía que ser fuerte.

Pero también tenía que ser digno de confianza.

—Chicos, yo… —Dash se detuvo cuando todos se giraron para mirarlo. Se aclaró la garganta—. Yo, eh… puede que haya algo que yo…

Lo detuvo el pitido insistente de una transmisión que entraba.

—¡Es la Tierra! —exclamó Carly con un grito, y llevó a la pantalla la imagen del comandante del Proyecto Alfa. Dash contuvo un suspiro de alivio. Aun así les contaría la verdad. Cuando terminaran de hablar con el comandante Phillips.

Quizá.

—Llevo días intentando contactar con ustedes —dijo Phillips. Las comunicaciones a tan larga distancia eran siempre difíciles. Incluso cuando el comandante conseguía llegar a ellos, su voz estaba enturbiada por interferencias estáticas y su imagen se quedaba congelada en la pantalla cada pocos segundos. Aun así, más valía eso que nada—. Si todo va según lo previsto, me imagino que habrán llegado a Meta Prima, y estoy deseando escuchar… —dejó de hablar mientras los miraba de uno en uno. Sus ojos se detuvieron más tiempo en Chris—. Entiendo —anunció—. Les contaste la verdad acerca de dónde vienes.

—Ellos lo averiguaron —respondió Chris.

Phillips sacudió la cabeza de un lado a otro con aire de tristeza.

—Claro, cómo no. Son cuatro de los niños más competentes del planeta. Debería haber sabido que lo iban a averiguar.

—Nos lo debía haber dicho —le increpó Dash—. Desde el principio. En lugar de mentirnos.

—Nunca les he mentido —replicó Phillips, indignado. ¿Hay cosas que no les he contado? Pues sí. Porque no es el momento de que las sepan. El adulto aquí soy yo. Tendrán que confiar en mí.

Ahora fue Dash quien empezaba a indignarse, y advirtió que no era el único.

—Usted será el adulto, pero nosotros somos los que piloteamos la nave —rebatió. Le costaba creer que tuviera que volver a explicárselo al comandante Phillips—. Nosotros somos los que arriesgamos la vida. Los que viajamos a través de la galaxia para cumplir la misión que usted nos encomendó, porque decidió que podíamos encargarnos de ella. De modo que me dice que somos lo bastante maduros como para encargarnos de salvar la Tierra pero, cuando se trata de lo que debemos saber o no, ¿sólo somos unos niños?

—Expresado de esa manera no suena demasiado bien —respondió Phillips—. Pero… sí.

—¿Su padre piensa de la misma forma? —preguntó Dash.

Shawn dio un respingo.

—¿Qué tiene que ver mi padre con esto?

Dash no supo qué responder. Ninguno de ellos lo supo. ¿Era posible que, por primera vez, realmente supieran algo que Phillips desconocía? Por grave que fuera la situación, Dash tuvo que esforzarse por reprimir una sonrisa. La sensación era estupenda.

—Probablemente, usted mismo se lo debería preguntar —dijo Dash.

—¿Cómo?

—No se preocupe —respondió Dash, y dio rienda suelta a su sonrisa—. Se lo contaremos cuando decidamos que necesita saberlo.

Dash era consciente de que, con el tiempo, tendría que informar al comandante. La misión Omega era demasiado importante como para mantenerla en secreto, al igual que la implicación de Ike Phillips. Pero no había prisa. Dash se daba cuenta, por las expresiones excesivamente serias que Piper, Gabriel y Carly se habían plantado en la cara, que sus compañeros disfrutaban del momento tanto como él.

Lanzó una mirada a Chris, preguntándose si la lealtad del alienígena hacia Shawn Phillips se impondría a su lealtad hacia la tripulación. Pero Chris guardó silencio.

—Dash, esto no es una broma. Si hay algo que debo saber, tienes que decírmelo —Phillips utilizaba su tono más severo al estilo "aquí mando yo". En efecto, él mandaba… pero también se encontraba a miles de millones de kilómetros. ¿Qué podía hacer? ¿Castigarlos sin salir?

—Exacto —respondió Dash—. Y si de verdad necesita saberlo, se lo diremos.

Gabriel soltó un resoplido. Piper se tapaba la boca con una mano y Carly sacudía los hombros mientras reprimía la risa.

Phillips tenía las mejillas encendidas y a Dash le preocupó estar tentando su suerte.

—Esta transmisión podría cortarse en cualquier momento —declaró—. Y aún no nos informaron sobre nuestro próximo planeta.

El comandante Phillips trataba las excursiones interplanetarias del equipo Alfa como misiones militares, y sólo les informaba sobre el próximo destino cuando habían acabado con el anterior.

—Creo que ahora es lo más importante —añadió Dash—. ¿Usted no?

Phillips respiró hondo y se calmó. Dash sabía que aquella misión le importaba al comandante más que cualquier otra cosa. No iba a permitir que nada la pusiera en peligro, y menos aún su propio temperamento. Cuando volvió a tomar la palabra, su voz sonó completamente tranquila, como si nada hubiera ocurrido.

—Viajarán a velocidad gamma durante noventa y un días, hasta llegar al planeta Aqua Gen. Está situado en la nebulosa de la Tarántula y gira alrededor de una estrella tipo "G", muy parecida al Sol de la Tierra —explicó, y continuó con una larga lista de detalles sobre la atmósfera del planeta y las condiciones del terreno—. Voy a enviarles un paquete de datos junto con esta transmisión —concluyó—. Debería contener todo cuanto tienen que saber.

"Todo cuanto usted cree que tenemos que saber", pensó Dash. Pero se limitó a asentir con un gesto.

Todos los miembros de la tripulación le pasaron mensajes a Phillips para que se los trasladara a sus respectivas familias. Todos menos Chris, por supuesto. Nunca tenía ningún mensaje para Phillips, y en ese momento entendieron el porqué.

—¿Y ahora? —preguntó Phillips.

—Ahora ¿qué? —replicó Dash con tono inocente.

Phillips le lanzó una mirada que Dash reconoció. Era la mirada de su madre cuando se hartaba de que Dash le contestara mal. Lo castigaba sin postre y lo mandaba a su habitación.

—Ya te divertiste, Dash. Ya dijiste lo que piensas. Todos lo dijeron. ¿Les importa contarme qué diablos está pasando ahí arriba? ¿Y qué tiene que ver con mi padre? —al pronunciar la palabra, su voz adquirió un tono áspero.

No se trataba exactamente de una disculpa, pero Dash sospechaba que era lo más parecido que iban a conseguir.

—Bueno, para empezar, no creerá lo que pasó cuando salimos de velocidad gamma…

Mientras Dash informaba a Phillips sobre todo cuanto había ocurrido con la *Cuchilla Luminosa* y todo cuanto sabían sobre la misión Omega, el rostro de Phillips se petrificó.

—Lo investigaré y me volveré a poner en contacto con ustedes —respondió con sequedad cuando Dash terminó—. Les contaré lo que averigüe.

"Lo dudo", pensó Dash. Pero se limitó a hacer un gesto de afirmación y respondió:

—Sí, señor. Estamos deseando enterarnos.

La transmisión se cortó. Dash se preguntó si sus amigos estarían pensando lo mismo que él: la misión Omega era demasiado importante como para que Phillips no tuviera noción de ella. Sobre todo porque el padre del propio Phillips estaba al mando. ¿Qué más desconocía el comandante? Sumado a lo que éste se negaba a contarles, el resultado era que innumerables preguntas sin respuesta y posibles sorpresas estaban por llegar.

Ahí afuera podía suceder cualquier cosa, y sólo una era segura: tendrían que enfrentarse solos.

16

La *Cuchilla Luminosa* daba brincos y sacudidas en velocidad gamma. El suelo se inclinaba. Las luces parpadeaban. Las paredes se estiraban y abombaban. A veces parecía como si la realidad misma empezara a desmoronarse. Anna no sabía más sobre la velocidad gamma que el resto de su tripulación, pero sabía lo bastante sobre física como para entender que no funcionaba. La física decía que nada puede viajar a mayor velocidad que la luz. Pero la *Cuchilla Luminosa* recorría cientos de años luz diariamente. Lo que significaba que no podía estar viajando a través del espacio normal. Anna se imaginaba la nave con frente de aguja abriéndose camino como una lanza a través de las dimensiones. O quizá el motor, de alguna manera, plegaba el espacio-tiempo como si fuera una hoja de papel. Lo doblaba por la mitad y hacía chocar con violencia dos puntos distantes. Para el caso, la nave podía volar a base de polvo de estrellas y chícharos mágicos.

De todas formas, el motor no cumplía adecuadamente las funciones para las que había sido diseñado, fueran aquellas las que fuesen. Anna estaba segura de que, en teoría, las paredes no deberían hincharse, ni los suelos deberían oscilar. Sospechaba que, en teoría, la tripulación no debería sentirse mareada durante meses. A veces, en velocidad gamma, tenía la sensación de que su cuerpo se estiraba en la galaxia como una banda elástica. No le habría extrañado que se partiera en dos.

Anna contó las grietas en el techo de su dormitorio mientras trataba de dormirse. No conseguía acostumbrarse a aquella habitación, de igual forma que no conseguía acostumbrarse a la respiración de Siena, en la litera de abajo. No les permitían colocar ninguna clase de adornos, de modo que la estancia no era más que un cubo en blanco. Paredes vacías, superficies vacías. Nada de fotos de sus familias. Nada que le permitiera sentir aquel lugar como suyo.

Y, desde luego, no era suyo.

Era de Ike Phillips.

Era de Colin.

Estaba segura de que no ocurría lo mismo en el *Leopardo Nebuloso*. Estaba segura de que Dash no se pasaba el día preocupándose por si el motor fallaba a mitad del viaje. Sobre si se quedarían atrapados entre una dimensión y otra o si el polvo galáctico los llegaría a aplastar. ¿Sabía siquiera lo cerca que había estado de carbonizarse? Anna se había esforzado al máximo para salvarlo, y él ni se había molestado en agradecérselo.

Anna jamás permitiría que alguien lo adivinara, pero se preocupaba por todo. Porque su equipo la escuchara. Porque Colin dejara de darle órdenes alguna vez. Sobre todo, se preocupaba por lo que pudiera suceder si perdían el rastro de energía del *Leopardo Nebuloso*. Era como seguir un rastro de migas de pan, y todo el mundo sabía cómo acababa aquel cuento. Si el *Leopardo Nebuloso* se adelantaba demasiado, o si Dash encontraba una forma de deshacerse de ellos, de hacer desaparecer el rastro… la *Cuchilla Luminosa* se quedaría abandonada en el espacio profundo.

Sin camino hacia delante.

Sin camino hacia atrás.

Ravi y Niko miraban las pantallas con ojos vidriosos. Ravi contuvo un bostezo. Niko estiró las piernas, que se le empezaban a acalambrar. Llevaban horas sentados en la biblioteca, memorizando el diagnóstico a bordo y practicando con fallos simulados.

El estómago de Ravi rugía audiblemente.

—Dímelo a mí —comentó Niko en voz baja—. También me muero de hambre.

—Pues vámonos de aquí a escondidas a buscar algo de comer —sugirió Ravi—. Cinco minutos, nadie se enterará de que fuimos.

—Colin sí —puntualizó Niko.

—Ese tipo me está volviendo loco. Trabajamos y entrenamos sin parar. ¿Qué no sabe que a los humanos nos gusta tener un descanso de vez en cuando?

Colin sometía a la tripulación Omega a un horario estricto. Imponía cuándo se levantaban (temprano), lo que comían (papillas insípidas pero "nutritivas"), y lo que hacían durante todo el día: entrenar, estudiar y volver a entrenar.

—Tenemos que aprendernos todo esto —señaló Niko—. Nos ayudará con la misión.

Ravi apretó los dientes y volvió al trabajo. Niko no alcanzaba a entender la sensación de sentirse ahogado por

las paredes. Porque Niko, al menos, se había escapado unas horas al planeta. Mientras que Ravi se quedaba atrapado en la nave. Atrapado con Colin.

—No vas a hacerlo de verdad, ¿a que no? —le preguntó mientras los niños del equipo Alfa se esforzaban por resolver el enigma de lord Cain al tiempo que las paredes se cerraban a su alrededor—. Sólo te entretienes jugando con ellos.

—¿Tú crees? —había replicado Colin, con una sonrisa tan escalofriante que Ravi se estremecía sólo de acordarse.

—Acabemos con esto —decretó ahora Niko—. Cuanto antes terminemos, antes podremos comer.

—No hay gran cosa que esperar —lamentó Ravi, pensando en el recipiente de potage asqueroso que había tomado de almuerzo—. Extraño las papas fritas.

—Y el helado —añadió Niko—. Amigo, ahora mismo no me vendría mal una copa con tres bolas y chocolate por encima.

Una voz atronó desde los altavoces empotrados en sus respectivas pantallas. Era la voz de Colin.

—Esa no es forma de trabajar. ¡Concéntrense!

Niko y Ravi soltaron un gruñido.

Acto seguido, obedecieron.

Siena examinó el problema de matemáticas y garabateó ecuaciones en el margen de la página. Le daba vueltas a si debía integrar. Si las matrices eran ortogonales. Si, en caso de que calculara el vector propio de A, podría solucionarlo para B y X.

No intentaba resolver el problema porque Colin se lo hubiera pedido, o porque le fuera a servir de ayuda en su misión.

Practicaba matemáticas para pasarla bien.

Era extraño, lo sabía. ¿Y qué?

Siena sabía que sus compañeros sentían nostalgia de su casa. En la Tierra, Siena nunca había encajado. Prefería estar allí arriba, en la oscuridad del espacio. Le gustaba aquella tranquilidad. Le gustaba que las prioridades estuvieran tan claras. Llevaban a cabo una misión, y la misión era todo cuanto importaba. La vida era como un problema de matemáticas. Tenía sentido.

En su mayor parte.

En matemáticas, "en su mayor parte" no bastaba. No podías entender un principio en su mayor parte. No podías derivar una solución en su mayor parte.

Siena reflexionó que aquello también ocurría en la vida.

Por eso le molestaba no acabar de comprender los motivos de Ike Phillips.

No acabar de fiarse de Anna como líder del equipo.

No fiarse de Colin en absoluto.

Se dijo a sí misma que no había necesidad de preocuparse. De una manera u otra, conseguirían los elementos, los fusionarían hasta obtener la Fuente y volverían a casa.

Todo se iba a solucionar.

Se repitió lo mismo una y otra vez, y acabó por creérselo.

En su mayor parte.

Ike Phillips lanzó una mirada feroz a través de la pantalla.

—Entiendes que es primordial mantener a la vista el *Leopardo Nebuloso*, ¿verdad?

—Claro que sí —replicó Colin con brusquedad.

—Todo depende de ti —prosiguió Ike—. No lo estropees.

Colin esperó hasta que la transmisión se hubo cortado y puso los ojos en blanco. Admitió que debería estar agradecido con Ike. Al fin y al cabo, ese hombre lo había creado. Pero ese hombre estaba obsesionado con asumir el control.

Colin había aprendido mucho de Ike, incluyendo la satisfacción que suponía estar al mando. Y ahora, cuando millones de años luz lo separaban de su creador, por fin lo había conseguido. La *Cuchilla Luminosa* era la nave de Colin, y la misión también le pertenecía. El equipo Omega obedecería sus órdenes, o lo iba a lamentar. Al igual que la tripulación Alfa lamentaría interponerse en el camino de Colin.

Que Chris llorara y gimiera por su patria lejana. Colin tenía en común con Chris su inteligencia y sus capacidades, pero no así su pasado. Bajo la mirada vigilante de Ike, Colin había estudiado el diario de navegación de la nave de Chris y conocía la travesía del alienígena prácticamente hasta el último detalle.

Una vez, mucho tiempo atrás, Colin había envidiado a Chris. Al fin y al cabo, Chris era el original; Colin no era más que la copia. Chris tenía una historia, una vida, un yo completo e independiente. Colin sólo tenía lo que Ike Phillips le contaba.

Pero Colin había llegado a comprender que no era una simple copia de Chris, sino una versión mejorada. Porque el pasado sólo conseguía frenarte. Colin no necesitaba un pasado. Tenía un futuro. Que Chris se ahogara en los patéticos recuerdos de su casa. La casa de Colin era la Tierra, y cuando regresara a ella con la Fuente, su planeta y todos sus habitantes quedarían bajo su control.

Ike le había enseñado otra cosa más: si querías algo, si lo querías de verdad, debías hacer todo cuanto estuviera en tu poder por conseguirlo.

Colin tenía la intención de conseguir lo que quería.

A toda costa.

El Magnus 7 estaba demasiado caliente para intro-
ducirlo en el Fusor de Elementos, al menos hasta que los
reunieran todos y estuvieran listos para fusionarse. Por
esa razón, TULIP se situó junto a la máquina. La lava derretida permanecería en su interior el resto de la travesía,
hasta que la necesitaran.

Por supuesto, sólo la necesitarían si llegaban a conseguir su propósito.

—¿Creen que se sentirá sola ahí quieta? —preguntó
Piper.

—¿Sola? No permitiré que eso pase, no, señor —aseguró STEAM. Había tomado afecto a la nueva robot—.
TULIP, creo que esto podría ser el comienzo de una her-
mosa amistad, ¡sí, señor!

TULIP soltó gorjeos y pitidos, y su vientre relució con
más intensidad.

—Chica, ¿te estás sonrojando? —le preguntó Gabriel—. Eres una máquina, ¡ten un poco de dignidad!

TULIP rechinó.

—Creo que te dice que ella puede hacer lo que le
venga en gana —tradujo Piper.

—Desde luego que sí —aprobó STEAM—. Esta es una conversación entre "A" —se señaló a sí mismo— y "B" —señaló a TULIP—. Así que ya te estás largando, "C".

STEAM y TULIP estallaron en un estrépito de ruidos mecánicos. Los miembros de la tripulación tardaron unos instantes en caer en la cuenta: los robots se estaban riendo a carcajadas.

Cuando regresaron a la velocidad gamma, las cosas habían vuelto a la normalidad. Los miembros de la tripulación se reunieron alrededor de la mesa del comedor y acribillaron a Chris a preguntas sobre su planeta de nacimiento y sobre qué se sentía al ser alienígena.

—¿Qué sienten ustedes?

—Amigo, ¿qué no te das cuenta? —preguntó Gabriel—. Tú eres alienígena. Nosotros somos humanos.

—Eso nos hace alienígenas para él —señaló Carly.

La idea los dejó parados en seco.

—¡Guau! —exclamó Gabriel—. Alucinante. Entonces, ¿nos quieres hacer preguntas, Chris? ¿Quieres saber qué se siente al tener un cerebro tan raquítico, tan débil?

—Quizá algún día me enseñen su tercer ojo —repuso Chris con sequedad.

—¿Lo oyeron? —preguntó Gabriel con una exclamación—. ¡El extraterrestre estuvo a punto de hacer un chiste!

Carly le lanzó una papa frita.

—A mí también me gustaría saber lo que sientes tú al tener un cerebro tan raquítico, Gabe.

Los demás soltaron una carcajada y la tensión se fue evaporando por momentos. Era estupendo estar así, los cinco juntos. Era agradable. Pero antes de que la reunión pudiera dar paso a la histeria colectiva y a una posible batalla de comida, Dash se aclaró la garganta.

—Tenemos que hablar un momento sobre un asunto serio.

—¡Ay, no! Nada de asuntos serios —protestó Gabriel—. Estoy harto de cosas serias. Las cosas serias son un cáncer total.

—A ver, chicos, todos oyeron a Phillips —continuó Dash. No podía dejar de pensar en el asunto, y necesitaba soltarlo—. Considera que no somos capaces de enfrentarnos a saber lo que realmente está ocurriendo en esta misión. Dijo claramente que nos va a ocultar más secretos.

—¿Conoces a algún adulto? —ironizó Carly—. Todos piensan igual.

—Shawn sólo quiere lo mejor para ustedes —intervino Chris, tratando de defender a su amigo.

—Lo sé —admitió Dash—. ¿Pero por qué piensa que sabe lo que es mejor para nosotros? O, al menos, ¿cómo es que lo sabe mejor que nosotros? Escuchen. Somos los encargados de esta misión; somos los que la llevan a cabo. Phillips no sabe de verdad lo que es estar ahí afuera. Nadie en la Tierra lo sabe. No podemos limitarnos a dejar que los adultos piensen por nosotros. Tenemos que confiar en nuestro propio criterio. Confiar en nosotros mismos y en el resto de nuestro grupo. Eh… —Dash notó que las mejillas se le encendían. No estaba acostumbrado a grandes discursos. De pronto, se preguntó si éste había sonado motivador o ridículo—. ¿Tiene sentido lo que dije?

—Cien por ciento —confirmó Carly—. Y estoy contigo.

—Todos estamos contigo —añadió Piper.

Gabriel se mostró de acuerdo.

—El comandante Phillips y yo no seleccionamos a cada miembro de este equipo por casualidad —terció Chris—. Él confió en ti para que tomaras las decisiones adecuadas. Yo también confío en ti.

Todos lo miraron, expectantes, pero Dash no estaba seguro acerca de qué esperaban.

—Mmm, ok, eso está bien —respondió—. Bueno, supongo que el rollo serio se puede dar oficialmente por terminado.

—Excelente —aprobó Gabriel—. Ahora, ¿podemos volver a lo que importa de verdad? A que nos dirigimos hacia una banda de piratas, por ejemplo. ¡Cuando la vela azota el palo, malo! ¡Aventura a la vista!

Carly clavó la vista en Gabriel como si el extraterrestre fuera él.

—Mira que eres raro.

Gabriel la observó con los ojos entrecerrados.

—No, tú eres la raaaaaaara.

Los demás soltaron un suspiro. Iban a ser tres meses muy largos.

El comandante Shawn Phillips lanzó una mirada feroz al rostro que veía en la pantalla. Odiaba todos sus rasgos: la mandíbula de hierro, los labios estrechos, la arrogante elevación de la ceja. Pero, por encima de todo, odiaba lo mucho que aquel rostro le recordaba al suyo.

—Papá —dijo, tratando de mantener la voz firme y segura—. Tenemos que hablar.

—No, hijo —respondió Ike Phillips. No había calidez en su voz. Ni señal alguna de que ambos fueran algo más que desconocidos—. Me parece que no.

—¿Clonaste a Chris? ¿Construiste tu propia nave y la enviaste detrás de la mía? ¿Intentas conseguir la Fuente y quedártela? ¿Te volviste loco?

—¿Lo ves? No hace falta hablar, tú tienes todas las respuestas. Siempre has sido un chico inteligente.

Shawn hizo una mueca. Por muy mayor que se hiciera, su padre siempre conseguía que se sintiera como un niño estúpido.

—¿Se puede saber qué estás haciendo? —insistió Shawn, exasperado—. Ni siquiera yo tengo respuesta para eso.

—Y no la necesitas —replicó Ike Phillips—. Mírate, tan adulto, y al mando de tu propia base. A cargo de una misión para salvar al planeta. Probablemente pensabas que estaría orgulloso de ti. Que te respetaría.

—No pienso en esas cosas —respondió Shawn Phillips. Lo que no respondía a la realidad. Era lo que pasaba al tener como padre a un hombre como Ike Phillips. Nunca dejabas de querer que estuviera orgulloso de ti. O que al menos te respetara. Pero nunca lo hacía.

Nunca lo iba a hacer.

—Significaste una enorme decepción para mí —continuó su padre—. Tú, y también tu amiguito Chris. Pero tu patética misión del gobierno me brindó la oportunidad de conseguir mis objetivos y por eso, supongo, debería darte las gracias.

—¿Y qué objetivos son esos, papá? —preguntó Shawn, desquiciado. Sabía que nunca iba a conseguir una respuesta directa, pero no podía evitarlo. Tenía que preguntárselo—. ¿Qué quieres, exactamente?

—¡Vaya pregunta! Sólo quiero lo que he querido siempre —respondió Ike Phillips, como si le sorprendiera que Shawn no se hubiera dado cuenta todavía—. Todo.

Más tarde, aquella misma noche, Dash entró silenciosamente en las habitaciones de Chris para inyectarse el medicamento que paralizaba el metabolismo. Debería haber estado de un humor excelente: habían recogido el segundo elemento, iban de camino hacia el siguiente planeta y las cosas con Chris se habían arreglado finalmente... Pero no podía zafarse de la nube negra que se cernía sobre él.

Por fin, Chris sacó el tema a relucir.

—Parece que tu tratamiento te está dando problemas esta noche —comentó—. ¿Tienes síntomas? ¿O te preocupa que no vayamos a terminar la misión a tiempo?

—No —respondió Dash—. Quiero decir, sí, claro, a veces eso me preocupa. Nadie me explica qué pasará exactamente si sigo aquí demasiado tiempo, y eso no suena muy bien.

—¿Quieres que te lo diga? —preguntó Chris.

¿Quería? ¿Sería mejor conocer los detalles? Quizá se le caería el pelo, y los dientes; quizá sus intestinos se derretirían. Quizá sufriría una combustión espontánea o, sencillamente, desaparecería en una nube de humo. Eran las cosas que ocurrían en sus pesadillas. Dash no las disfrutaba especialmente pero, por otra parte, la verdad era que no quería ni pensar en las pesadillas que podría tener si lo supiera con seguridad.

—Eh, ahora mismo no —respondió—. De todas formas, ese no es el problema. Si es que tuviera un problema.

—Finjamos que lo tienes —propuso Chris—. ¿Cuál sería?

—Esto —respondió Dash mientras señalaba el estuche de inyectores—. Monto una escena sobre que tenemos que ser sinceros unos con otros, me pongo hecho una furia contigo por ocultarnos este gran secreto…

—Lo entendí —interrumpió Chris—. Tenías razón al enojarte conmigo.

—¿Tú crees? —replicó Dash—. Ya no estoy seguro. ¿No estoy yo también ocultando un secreto enorme a todo el mundo? ¿Debería contarles la verdad?

—¿Quieres contarles la verdad? —preguntó Chris.

—No lo tengo claro. A ver, quiero que confíen en mí. Quiero merecer su confianza. Así que, quizá sí. Bueno, no. Creo que no —Dash se pasó las manos por el pelo—. No lo sé.

—Dash, yo no te puedo dar la respuesta. Es tu vida, tu verdad. La decisión tiene que ser tuya.

—Genial —masculló Dash. A veces, se cansaba de tomar decisiones. A veces, deseaba ser sólo un niño, y que hubiera adultos a su lado que le dijeran lo que había que hacer.

—Pero no creo que callarse las cosas sea lo mismo que mentir —añadió Chris—. Y tal vez confiar en alguien no significa conocer hasta el último detalle de esa persona. Tal vez la confianza significa dejar que la gente tome sus propias decisiones acerca de cuánto quiere revelar. Es una de las cosas que me gustan de la amistad entre humanos. Crees en tus amigos, y no porque conozcas todos los hechos, sino porque confías en que conoces los que importan.

Dash reflexionó unos instantes sobre aquel momento en Meta Prima, cuando por fin decidió aceptar la ayuda de Chris. Había muchas razones para no confiar en él, pero Dash lo había hecho de todas formas. Y había acertado.

—Entonces, ¿piensas que no pasa nada si me guardo algún que otro secreto? —preguntó.

—Todos tenemos secretos —afirmó Chris, con cierto tono de disculpa.

Dash se despidió aquella noche sintiéndose verdaderamente bien por primera vez desde que aterrizaran en Meta Prima. De hecho, se sentía tan bien que no se le ocurrió pararse a pensar en lo último que había dicho Chris.

O en lo que no había dicho.

Por fin solo en su habitación para pasar la noche, Chris sacó un cubo metálico de debajo de su cama. Era la caja que había recogido en el planeta J-16, la que había dejado allí décadas atrás para mantener a salvo. Como tantas otras noches anteriormente, abrió la caja haciendo palanca. En el interior se hallaban pruebas de su largo viaje: mapas estelares, anotaciones sobre los minerales de los planetas de toda la galaxia, observaciones sobre las razas alienígenas con las que se había encontrado. Todo cuanto necesitaba para ayudar a guiar al equipo Alfa a través de las siguientes fases de su misión.

En la caja había algo más.

Chris sacó una pequeña bolsa y vació el contenido en la palma de su mano.

Una piedra lisa y pulida que había encontrado junto al mar cuando era niño.

Granos de la tierra de color rojo óxido que rodeaba su hogar, en Flora.

Una flor seca —sus brillantes tonos rojo y púrpura apagados mucho tiempo atrás— que le había entregado alguien a quien él amaba.

Un disco metálico del tamaño de un centavo que, al activarse, proyectaba imágenes holográficas de Flora. Era la única forma en la que podía ver las caras de la gente que había conocido en el pasado.

Algunos días, parecía la única manera de recordarlos.

Chris apretó el disco en la palma de su mano, pero no lo activó. No estaba pensando en los amigos que había dejado atrás; aquella noche, no. Estaba pensando en los amigos que tenía ahora, los amigos en aquella nave, quienes imaginaban que estaban todos juntos en aquella misión. Quienes imaginaban que conocían los verdaderos deseos de Chris.

Les había contado la verdad a los miembros del equipo Alfa: quería ayudarlos a completar su misión. Quería que encontraran todos los elementos, que sintetizaran la fuente de energía renovable definitiva, que encontraran su camino de regreso a la Tierra y salvaran el planeta.

Pero no les había contado toda la verdad. No les había contado que la Fuente tenía otra facultad. Que escondida en un compartimento secreto del *Leopardo Nebuloso* había una nave mucho más pequeña: una nave que podía encenderse con una pequeña porción de la Fuente.

Era la nave de Chris. Aquella misión era su oportunidad —su única oportunidad— de regresar a Flora. Estaba ocultando muchos secretos a Dash y a los demás, pero éste era el más importante, el más doloroso.

Al final de aquella travesía, cuando el *Leopardo Ne-buloso* y el equipo Alfa regresaran a la Tierra, Chris no iría con ellos.

Chris volvería a casa.

Busca el primer volumen de la serie

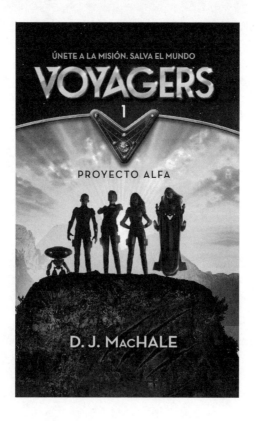

Una colección de seis libros.
¡Seis extraordinarios autores de ciencia ficción!
No te pierdas ni un solo viaje al espacio...

 Proyecto Alfa
D. J. MacHale

2 **Juego de llamas**
Robin Wasserman

PRÓXIMAMENTE

 Rebelión Omega
Patrick Carman

...

Voyagers 2. Juego de llamas de Robin Wasserman
se terminó de imprimir en enero de 2016
en los talleres de
Litográfica Ingramex, S.A. de C.V.
Centeno 162-1, Col. Granjas Esmeralda, C.P. 09810 México, D.F.

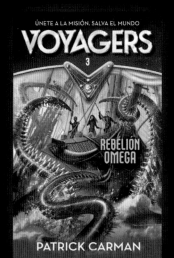

TO[

INFORME PARA LA BASE DIEZ

INSTRUCCIONES SOBRE LA MISIÓN

ATENCIÓN: SOLO PERSONAL AUTORIZADO

Todos los miembros del equipo deben registrarse
INMEDIATAMENTE para el adiestramiento táctico y las
operaciones de la sonda ZRK en el espacio profundo.
Tu participación es fundamental para el éxito
de nuestra misión.

- DESCIFRA los códigos del libro
- ÚNETE a misiones ultrasecretas
- CONSTRUYE tu propio comandante ZRK
- EXPLORA las profundidades del espacio
- CONSIGUE insignias, gana recompensas
y sube de nivel

¡CONÉCTATE AHORA !